Pour ma fille, Yuna

© 2021, Robin Buscaglione
Édition : BoD – Books on Demand,
12/14 rond-point des Champs-Élysées, 75008 Paris
Impression : BoD - Books on Demand,
Norderstedt, Allemagne
ISBN: 9782322381760
Dépôt légal : Septembre 2021

Quand j'ai rencontré Clyde
Il était honnête pur et brave

Bonnie Parker

La saignée

1

*Durant lequel on fait connaissance en pleine
pandémie mondiale avec Frédéric Berger,
gentilhomme moderne d'une rare sensibilité, qui a su
garder intacts sa passion pour le caoutchouc ainsi
que le souvenir brûlant de Marthe.*

Longtemps, il s'était levé de très bonne heure, à l'aube encore frissonnante, réveillé simplement par la lumière du jour et le pépiement joyeux des oiseaux dans les proches frondaisons. Il descendait chaque matin les escaliers dans son pyjama écossais, remplissait la gamelle que les appétits nocturnes de son petit chat Nelson avaient goulûment vidée et pourléchée sur les bords, faisait couler un café noir, ouvrait en grand les deux vantaux de la fenêtre pour chasser l'air vicié de son duplex, puis enfin il passait la tête au-dehors et, nez au vent, sentait aussitôt sur son visage la fraîcheur vivifiante du jour nouveau et inédit tandis qu'au loin, sur le périphérique, bourdonnait à ses oreilles le ballet sourd et épars des voitures. Il trouvait dans la stricte observation de ce rituel quotidien une sorte d'équilibre rassurant, une joie paisible, car jusque-là tout était encore sous contrôle, bien à sa place, tel qu'il l'avait décidé, or Frédéric Berger n'aimait rien moins que l'instabilité et les aléas du monde extérieur.

A huit heures précises, il sortait de son appartement en prenant soin de fermer prudemment les trois verrous de sa porte en chêne massif, chaussait ses mocassins couleur camel - achetés durant la dernière démarque des soldes d'hiver aux Galeries Lafayette- qu'il laissait toujours devant la porte d'entrée sur le paillasson pour ne pas souiller le linoléum du salon et gagnait finalement la rue Victor-Hugo, si bruyante et nerveuse à cette heure du jour.

Depuis le premier confinement imposé par le Gouvernement, Frédéric Berger ne prenait plus jamais la ligne 13 du métro mais préférait se rendre au travail à pied, bien qu'il lui fallût une heure et vingt-une minutes pour relier la Porte d'Asnières et l'avenue Parmentier dans le Onzième Arrondissement, une distance qui, selon ses calculs, pouvait être parcourue dans les délais s'il marchait à une allure régulière mais somme toute plutôt sénatoriale de 5,2 km/h.

Certes, il en avait conscience, tout ce temps perdu à arpenter le trottoir parisien nuisait à l'élaboration de son ambitieux ouvrage sur *L'Incroyable Histoire du Caoutchouc,* qu'il appelait *«son grand œuvre»* et pour lequel il ne ménageait pas sa peine, assis chaque soir de vingt heures à minuit à sa table d'écriture sous la lumière pâle de la lampe, le buste à demi penché au-dessus de milliers de feuillets raturés, corrigeant ses notes dans la douceur vespérale, scrutant à la loupe des cartes anciennes de l'Amérique du Sud du célèbre cartographe Delisle L'Aîné, relisant avec avidité les travaux de recherche de celui qui l'avait toujours inspiré, François Fresneau de La Gataudière, Sieur de La Ruchauderie, ingénieur du roi de France Louis XV et découvreur de l'*hévéa brasiliensis* basé à Cayenne, mais voilà, il n'avait pas le choix, le respect scrupuleux des gestes barrières et de la distanciation lui imposait ce mode de déplacement rudimentaire, quoi qu'il pût lui en coûter.

Frédéric Berger était un homme d'une quarantaine d'années qui portait beau. Toujours tiré à quatre épingles, le visage un peu rond rasé de frais, le menton volontaire et les cheveux bruns coupés court, il aurait pu être ce qu'il est coutume d'appeler un *bon parti,* mais pour d'obscures raisons, l'Amour, le grand Amour, le bel Amour, n'était jamais venu toquer à sa porte. Ou alors, ce jour-là, il avait dû s'absenter. C'était pourtant un être délicat et prévoyant qui dépensait toujours avec parcimonie et discernement, ne s'autorisant qu'une seule sortie mensuelle dans les musées, de préférence le premier dimanche du mois, lorsque ceux-ci étaient gratuits. Il lui arrivait quelquefois de se rendre au restaurant car il était soucieux de ne pas froisser la susceptibilité de celles et ceux qui l'invitaient généreusement à dîner. Quand bien même cette petite escapade devait retarder quelque peu son passionnant travail sur le caoutchouc, jamais il ne lui serait venu à l'esprit de leur adresser le moindre reproche. Et puisqu'il n'avait pas de loyer à payer, il parvenait à épargner chaque année la coquette somme de dix-sept-mille-quarante-cinq euros, soit les deux tiers de ses revenus, argent qui était intelligemment déposé le premier lundi du mois par virement automatique sur un Plan d'Épargne Logement ouvert le jour de ses vingt ans.

Si d'aucuns regrettaient amèrement que le port du masque ne mît un terme brutal aux marques d'affection par trop répandues sous ces latitudes, Frédéric Berger, pour sa part, était ravi de ne plus avoir affaire à toutes ces effusions forcées, dont il était d'ailleurs le témoin navré ou gêné bien plus que l'acteur. Il n'avait pour ainsi dire jamais claqué la moindre bise ni enlacé quiconque et il se contentait au contraire d'un hochement de tête de bon aloi ou d'un signe léger de la main pour saluer ses contemporains.

Le mètre cinquante d'éloignement des corps qui était dorénavant de mise correspondait parfaitement à cette bonne distance qu'il avait toujours su observer avec son entourage, si bien qu'il accueillît les premières annonces gouvernementales en la matière avec un immense soulagement et un soupçon de reconnaissance. Au cours des dix-neuf années, trois mois et sept jours qu'il avait passées au service recouvrement de l'agence B&C, avenue

Parmentier, il s'était ainsi toujours tenu éloigné des miasmes contagieux et cela lui avait plutôt réussi puisque jamais il n'était tombé malade.

Une fois seulement, il avait failli. C'était à ses débuts dans l'entreprise. Il avait vingt-cinq ans à peine et l'enthousiasme un peu fou et insouciant de la jeunesse, un âge où on a l'insolence de ne pas penser à ses points retraite et où on s'autorise un petit café au comptoir du bar-tabac Le Floréal chaque vendredi soir en rentrant du travail. Bref, ce moment de l'existence où l'on croit que la vie durera éternellement et que l'histoire du caoutchouc s'écrira toute seule.

Aujourd'hui encore, quand il ne trouvait pas le sommeil, les bras croisés derrière la tête comme un traversin, il repensait à ce fameux jour de novembre 2002 où il avait posé ses lèvres sur le gobelet en plastique de Marthe, la petite stagiaire en BTS qui travaillait sous les ordres de ce beau salaud de Le Floch, au service comptabilité.

Il faisait un temps glacial ce jour-là. De méchants nuages gris noir pesaient sur Paris comme un lourd couvercle métallique et toute la boîte était d'une humeur exécrable. Sauf elle. Marthe était comme un rayon de soleil dans ce paysage décimé par les rancœurs, les frustrations et la jalousie. Celle-ci avait glissé deux pièces de dix centimes dans la machine à café et, après avoir porté le breuvage fumant à ses lèvres humides, l'avait aussitôt rejeté.

« Ah, j' peux pas, c'est beaucoup trop sucré ! » s'était-elle exclamée de sa voix chantante du Sud-Ouest (elle venait d'Agen) et se retournant comme une danseuse dans sa boite à musique mécanique, elle était tombée nez à nez avec lui, Frédéric Berger, le nouveau Chef du Service Recouvrement de l'agence B&C. « Tu le veux ? » En guise de réponse, il lui avait renvoyé un sourire beau comme un défi. Il avait apprécié la spontanéité de cette jeune fille et l'audace de ce tutoiement alors qu'elle s'adressait tout de même à un cadre d'entreprise, fraîchement augmenté de surcroît, mais il ne lui en tint pas rigueur et se dépêcha de remiser la petite pièce de vingt centimes dans son porte-monnaie en simili cuir, puis il tendit le bras et l'étau de ses longs doigts fins se referma sur le gobelet en plastique beige. L'empreinte sombre du café trahissait l'endroit exact où Marthe avait posé une première fois les lèvres. Sans réfléchir, Frédéric Berger y déposa à son tour les siennes et but de courtes gorgées, amèrement sucrées, en la dévorant du regard. Ce fut leur seule et unique rencontre et aucune parole ne fut échangée.

Pourtant, presque vingt ans plus tard, durant ses nuits d'insomnie, il repensait encore à cette jeune femme, à son abondante chevelure brune et à ce face-à-face troublant qui n'avait duré qu'une poignée de secondes, le temps d'un rêve. Sans doute Marthe avait-elle pris la fuite, suffocante, bouleversée, la gorge nouée et le cœur battant, ne sachant que dire ni que faire. Il se souvenait de ce bref regard qu'elle lui avait jeté, un regard qui feignait l'indifférence, la désinvolture, mais qui ne trompait pas, et alors qu'il sirotait tranquillement son café chaud et gratuit, il l'avait vue tourner les talons et s'enfoncer dans le long couloir tapissée de vitres, fuyant devant lui, Frédéric Berger, le nouveau Chef du Service Recouvrement, pour enfin disparaître tout à fait derrière la porte des toilettes, plongée à coup sûr dans un abîme de doute, prisonnière de ses pulsions secrètes et de ses désirs entravés.

Le lendemain matin, Marthe débarquait à l'agence avec son propre thermos et resterait dorénavant toute la journée enfermée dans son bureau, devant son ordinateur, loin de lui, de son regard de feu, redoutant surtout qu'une histoire passionnelle avec Frédéric ne déplût fortement à ce vieux matou convoiteux de Le Floch, son maître de stage

De toute manière, le café de la machine passa assez rapidement de vingt à trente centimes et Frédéric Berger jugea qu'il était grand temps d'arrêter les frais.

***

2

Où on en sait davantage sur la rancœur tenace que Frédéric éprouve à l'égard de l'insipide Jean-Michel Le Floch et sur la culpabilité qui lui ronge le cœur depuis l'enfance à cause de ce fichu numéro 28.

Ce mercredi 31 mars 2021, Frédéric Berger s'était rendu à pied au travail, comme il en avait pris l'habitude. De violentes bourrasques et une circulation plus dense et anarchique que d'accoutumée l'avaient obligé à forcer un peu le pas pour atteindre l'avenue Parmentier dans les délais impartis. Durant cette longue et pénible traversée de Paris, un observateur attentif aurait pu lire sur le visage de cet homme d'ordinaire si placide un rictus amer, mélange confus de colère rentrée et de profonde douleur. La mâchoire serrée et les paupières mi-closes, le haut du corps arc-bouté contre le mauvais temps, il avançait en maugréant dans sa barbe, pestant contre l'incivilité des trottinettes, l'usage intempestif du klaxon chez les automobilistes, vociférant contre les défécations canines qui maculaient indistinctement les trottoirs parisiens et d'aveugles et innocentes semelles en caoutchouc. Mais dans le fond, il le savait, ce qui le jetait dans cet état de grande nervosité, de confusion extrême, c'était évidemment cet enfoiré de Le Floch.

La veille au soir, à 16h59 et 43 secondes précisément, alors qu'il venait d'enfiler son dufflecoat gris clair et qu'il s'apprêtait fort justement à partir, l'irascible Le Floch avait fait irruption sans crier gare dans son bureau pour déposer dans ses bras interdits trois épais dossiers de clients qu'il convenait selon lui de relancer « toutes affaires cessantes » afin que les débiteurs récalcitrants s'acquittassent au plus vite de leurs dettes.

« Tu me règles tout ça demain en début de matinée, Berger. Je veux plus en entendre parler ! Tu leur mets un bon coup de pression, tu menaces, je vais pas t'apprendre le boulot, tu connais l'homélie : les pénalités de retard, puis le cas échéant les huissiers, l'injonction de payer, enfin, tout le tralala, quoi...Allez, au boulot !, avait-il éructé de sa voix puissante de garçon boucher mal dégrossi.

- Pas de problème, Jean-Michel ! »

Ce siècle avait deux ans lorsque l'orchidoclaste Le Floch fut embauché par l'agence B&C, passant pour l'occasion de l'industrie agroalimentaire bretonne à l'immobilier francilien. Frédéric Berger n'était là que depuis quelques mois seulement, mais il avait déjà pris ses marques et aménagé avec un goût très sûr le spacieux bureau qu'on lui avait attribué. Des reproductions de Brancusi, Vermeer et Giotto – affiches d'expositions temporaires qui lui avaient été offertes par une voisine au cours d'un déménagement- étaient accrochées aux murs et encadraient avantageusement le double portrait en sépia du père Berger et de François Fresneau de La Gataudière. Il ne s'attendait pas alors à devoir partager ce bel espace avec celui qui deviendrait bientôt son ennemi intime, son cauchemar quotidien, son pis-aller armoricain. Surtout, ses yeux manquèrent de sortir de leur orbite lorsqu'il comprit que les grands maîtres de la peinture devraient cohabiter dorénavant avec tout autant de fanions blanc, rouge et noir, floqués de ces obscures initiales : E.A.G. A sa moue boudeuse et à son regard sévère, Frédéric devinait que le Sieur de la Ruchauderie, ingénieur de Louis XV, désapprouvait la présence encombrante de ce nouveau colocataire qui avait cru bon d'orner les murs des grossières reliques de sa lointaine marotte : l'En Avant Guingamp. Voilà comment Frédéric fit connaissance le premier jour avec Le Floch : en se poussant.

Du reste, tous deux avaient peu ou prou le même âge, mais le petit Rastignac de Plounévez-Moëdec s'échina très vite à paraître plus jeune, plus investi, plus volubile que son homologue parisien, dont le seul tort véritable résidait dans la nature profondément discrète et humble qui le faisait passer pour un être falot et sans épaisseur aux yeux de l'équarrisseur costarmoricain.

Durant les premiers mois de leur collaboration, les deux hommes avaient néanmoins entretenu une certaine complicité. Ému par l'ignorance crasse de ce cul-terreux breton, touché par sa candide fraîcheur, Frédéric Berger l'avait en quelque sorte déniaisé et, le prenant sous son aile, lui avait fait découvrir les lieux incontournables de la capitale. Ils se retrouvaient souvent le week-end pour écumer de long en large les rues de la ville, de La Bastille à l'Arc de Triomphe, des brasseries du Boulevard Saint-Germain à la Butte Montmartre.

Frédéric se souvenait avec une pointe de nostalgie de ces instants de douce camaraderie, de ces moments de grâce où l'inculte Le Floch l'écoutait benoîtement narrer pêle-mêle de palpitantes anecdotes sur les fortifs de Philippe-Auguste, la Colonne Vendôme que déboulonna l'indéboulonnable Courbet ou encore sur le paisible quartier du Palais-Royal, autrefois si vivant, grisant et dissolu. Quand les jambes étaient trop lourdes et les gosiers trop secs, le déshydraté Le Floch proposait alors à son précieux guide autochtone une petite halte dans un bistrot qu'il espérait pittoresque. « C'est bien beau tout ça, mais il fait soif. Trouve-moi un endroit sympa, Berger, toi qui connais le coin. T'inquiète, je paie mon coup ! », meuglait-il, tout en gratifiant Frédéric d'une joyeuse et virile bourrade. Celui-ci eut toujours la délicatesse de ne jamais refuser un verre et se plia, magnanime, à ses volontés. Et c'est ainsi qu'il put savourer de savoureux cocktails au Harry's Bar, au Bar Hemingway du Ritz ou encore écluser quelques rafraîchissements houblonnés au Flore ou chez Lipp. Malheureusement, le fesse-Mathieu Le Floch s'étonnait sans cesse que le prix des consommations fût si élevé à Paris, ce qui chagrinait toujours Frédéric, car ces considérations bassement pécuniaires, frappées d'un indécrottable provincialisme, lui semblaient déplacées et anéantissaient le charme de ces petites escapades culturelles.

L'amitié entre les deux hommes finit par s'étioler avec le temps. L'ingrat Le Floch argua de son salaire de simple comptable pour renoncer définitivement à ses virées à deux qu'il jugeait dispendieuses, sans même songer un seul instant au désarroi dans lequel son avarice plongeait le pauvre Frédéric. Celui-ci avait sacrifié tous ses samedis après-midi pendant près d'un an à ce *chapeau-rond* ignare et maintenant ce con le laissait choir avant même d'avoir pu pousser la porte du Royal Monceau…

C'est à cette époque que la vie de Frédéric prit un tour inattendu. Se sentant de nouveau seul au monde, délaissé, désœuvré, il ralluma par miracle dans son cœur la mèche d'une vieille passion qu'il croyait à jamais éteinte, une passion qui bientôt le dévorerait tout entier, et c'est ainsi qu'il entreprit de jeter toutes ses forces à présent dans la célébration de ce matériau fascinant, ce liquide blanc et gluant qui, sous la lame, sourd de l'écorce des arbres d'Amazonie et d'ailleurs : le latex. Ce qu'il avait pris au départ pour une toquade, une lubie d'enfant triste avait fini par l'obséder à tel point qu'il n'avait plus d'autre choix que d'y consacrer sa vie entière. L'origine de cet attachement avait un nom, une moustache et un polo rayé : André Berger. Le père.

Le père s'était effondré comme un vieux chêne dans le canapé vert fleuri un soir de juillet, - la veille, Frédéric avait fêté son sixième anniversaire-, foudroyé par une crise cardiaque, tenant à la main le billet du loto. Le téléviseur, qui affichait en gros plan le tirage du jour, révélait une parfaite gémellité entre ces numéros et ceux du père, à l'exception notable du 28, le numéro complémentaire que le petit Frédéric avait eu le privilège de choisir. Le laborieux et courageux André Berger, ajusteur mécanicien à l'usine Citroën de Levallois-Perret, avait rendu l'âme, fauché à quarante-et-un ans, dans les brumes matinales et automnales de sa vie, durant ses congés payés. Frédéric gardera de cet instant tragique un souvenir douloureux, empreint de remords. Le jeune médecin de garde, dépêché dans l'heure pour constater le décès, eut un mal fou à soustraire le billet gagnant de ses doigts gourds et tenaces. De guerre lasse, il avait fini par le lui arracher de force en lâchant un juron quelque peu déplacé, mais le numéro complémentaire – qui correspondait à la pointure de pied de Frédéric ! – resta indéfectiblement coincé entre le pouce et l'index du père Berger, qui avait perdu la vie en gagnant. Frédéric se souvenait encore d'avoir aperçu les contours de ce numéro 28 une dernière fois lors des obsèques à l'église Saint-Justin, avant que l'on ne referme définitivement le couvercle sur le père. Il avait béni le corps et aperçu le petit bout de papier blanc qui dépassait de ses doigts boudinés.

André Berger était parti vers l'autre monde en emportant avec lui l'Erreur du fils, le numéro 28, preuve de son inconséquence. Frédéric y vit à coup sûr un ultime reproche.

Dès lors, le venin de la culpabilité coula dans ses canaux veineux, l'irrigua tout à fait, des pieds à la tête, pour se loger enfin dans son cerveau et y imprimer en lettres de sang ce mot terrible de cinq lettres : *loser*.

Dans le fond, jamais il ne sut vraiment la raison pour laquelle, ce soir-là, le cœur du père s'était soudainement emballé. Était-ce l'émotion provoquée par les gains empochés grâce aux six numéros gagnants - qui lui rapportaient tout de même une somme bien rondelette - ou au contraire la rage d'avoir échoué si près du but, à cause d'un rejeton mal inspiré ?

Frédéric marmonnait pour lui-même ce mot implacable en traversant République ce jour-là. S'il n'avait pas été ce *loser* né, celui qui inflige à son père une dernière déception avant le grand voyage, celui qui n'ose frapper à la porte de Marthe pour l'inviter à boire un café, un vrai celui-là, dans un bistrot pas trop cher de la rue Oberkampf, s'il n'avait pas été ce *loser* définitif, il aurait dit à l'inqualifiable Le Floch qu'on n'entre pas dans son bureau comme dans un moulin, qu'il s'appelle Frédéric et non point Berger, il lui aurait dit tout cela, et en reboutonnant son duffle-coat gris clair, il lui aurait souri, un sourire large et carnassier accompagné d'un haussement du sourcil gauche (il n'y arrivait pas avec le droit...), et il aurait lâché une dernière recommandation à l'Emmerdant de Guingamp, avant de prendre congé : « Va te faire foutre, Le Floch ! »

***

3

Où l'on découvre les circonstances dans lesquelles l'Amour déposa sa toute première semence dans le cœur de Frédéric.

Les deux premiers dossiers que le tyrannique Le Floch lui avait imposés s'étaient soldés par un échec cuisant et accablant : chaque coup de téléphone l'avait plongé tout entier dans un gouffre abyssal d'angoisses et d'incompréhension, et l'oreille collée au combiné, le ventre noué, pris de vertiges, il écoutait cette supplication éperdue noyée dans de danaïdes sonneries, priant les genoux joints pour qu'une voix anonyme lui accordât le droit d'y déposer un message ou au moins d'y apposer un simple paraphe vocal : « *M. Berger, de l'agence B&C, rappelez-moi quand vous entendrez ce message* ». Mais rien. Ça sonnait inlassablement dans le vide. Il avait composé plusieurs fois les numéros, sans aucun succès, et au paroxysme de sa nervosité, oublieux de son habituelle tempérance, il s'était levé d'un bond pour prendre un café *ristretto* à la machine, sans songer un seul instant que les trois centilitres caféinés atteignaient désormais la somme délirante de quarante-cinq centimes d'euros, soit quinze centimes le centilitre.

Le fâcheux Le Floch fit un passage éclair et offrit son portrait en pied dérisoire dans l'encadrement de la porte pour s'enquérir de l'avancée des dossiers. « *Tout baigne, Berger ?* » Frédéric vasouillait plutôt, empêtré dans un pataugis de démarches vaines et infructueuses, mais il préféra s'épargner le courroux du vilain breton et s'en tira par un évasif : « On y travaille, Jean-Michel, on y travaille… »

Il ne lui restait plus qu'une chance de satisfaire en partie les exigences de l'insatiable Le Floch. Cette chance portait un nom, écrit au feutre sur la couverture cartonnée d'une chemise verte : Marie Buthel.

Il ouvrit le dossier et tomba aussitôt sur la fiche de renseignements habituelle: *Marie Buthel, 39 ans, demeurant au 28 rue Ramponeau, 75020 Paris.* Une photo d'identité non agréée par le Ministère de l'Intérieur était agrafée en haut à droite du document. L'amour est une drôle d'abeille qui vous pique sans prévenir, comme ce mercredi 31 mars 2021 à 11h47 où l'insecte affolé enfonça son dard dans la peau tendre et moite de Frédéric. Avait-il sur le moment ressenti cette soudaine brûlure dans la région du cœur, le sien, ce cœur depuis toujours abandonné, laissé en jachère, ce cœur pourtant si pur, si profond, ce cœur tout chargé de richesses insoupçonnées qui ne demandait qu'à donner ? Peut-être pas, mais sans même se rendre compte de cet infime frisson qui lui parcourait l'échine, treize minutes avant la pause méridienne, quelque chose avait pris corps en lui comme une semence chaude, une imperceptible promesse d'avenir encore à son germe. La bouffée de chaleur qui maintenant le submergeait et l'échauffait détourna irrémédiablement ses yeux de la pendule et aussitôt le mit en branle. Visant la photo, Frédéric fronça les sourcils, attrapa ses lunettes de lecture et examina de plus près le visage de la mauvaise payeuse. Elle se tenait légèrement de profil. Ses cheveux blonds et lisses coiffés d'un béret en feutre blanc retombaient juste au-dessus de ses frêles épaules. Un port de tête digne d'une étoile de l'Opéra soutenait l'ovale brancusien de son visage et, au milieu, perçait un regard sombre et mutin, espiègle, qui vous toise légèrement en même temps qu'il vous entraîne à sa suite dans un sourire complice.

Il composa.

« Marie Buthel ?

Elle décrocha.

- Oui, c'est moi ! »

Il tressaillit en entendant le timbre de sa voix veloutée, douce et chaleureuse. Il lui semblait que chaque syllabe sortait de l'écrin de ses lèvres pour venir se pelotonner délicatement dans le creux de son oreille. Il voulut s'avancer jusqu'au bord du fauteuil mais celui-ci pivota et le malheureux Frédéric se fracassa le genou droit contre les tiroirs latéraux qu'il avait omis de refermer. Il ne put réprimer un cri de douleur, entaché d'un mot grossier, et se le reprocha immédiatement.

« Putain de m… !
- Vous allez bien ? »

Il n'avait toujours pas décliné son identité, toujours pas débité son abject discours menaçant, et c'était elle, Marie Buthel, avec ses trois loyers de retard, qui s'inquiétait pour l'inconnu de 11h54, cette présence désincarnée et importune à l'autre bout du fil. Un comble !

- « Une minute, je vous prie… »

Frédéric se leva promptement, claudiqua jusqu'à la porte et la ferma à double tour. Il retourna derrière son bureau, respira profondément, empoigna le combiné et fit pivoter son siège comme le font les hommes d'affaires dans les séries américaines. Mais ici, nulle baie vitrée avec vue plongeante sur Paris. Il se retrouva nez à nez avec la photo en sépia de François Fresneau de La Gataudière.

« Bonjour, je suis Frédéric Berger de l'agence…
- Vous ne vous êtes pas fait mal, j'espère ?
- Non, merci…Un peu, le genou…mais ça va…
- Tant mieux !
- Oui, donc, Fred de l'agence B&C…Frédéric Berger… Je ne vous dérange pas au moins… ?
- Non, bien sûr !

- Vous connaissez, je présume, la raison de mon appel…

- Dîtes-moi tout. »

Elle ne lui facilitait pas vraiment la tâche… Pourquoi fallait-il qu'il lui détaillât les faits, qu'il eût la pénible obligation de devoir lui rappeler la fâcheuse posture dans laquelle elle se trouvait ! Elle n'avait pas donné signe de vie à l'agence depuis trois mois ni versé le moindre centime, alors pourquoi diable ne prenait-elle pas les devants, pourquoi ne pas assurer d'emblée sa défense, même de façon maladroite et pathétique, en implorant sa grâce, en accusant le contexte pandémique…?!

Frédéric était disposé à tout entendre : des excuses plus ou moins fallacieuses, une fin de contrat, un milieu néfaste, un début de dépression, des investissements hasardeux…Tout ! De manière inexplicable, il sentait au fond de lui ce fol élan de compassion envers elle, ce désir incompressible de lui tendre la main, de ne rien lui refuser… Sous son crâne en ébullition, il fomentait déjà des plans pour la sortir de l'ornière, quitte à devoir en découdre avec l'infâme Le Floch. Il finirait bien par lui faire rendre gorge. Un ultime sursis serait accordé à cette femme, il s'en faisait la promesse. Frédéric interrogea du regard le Sieur de la Ruchauderie comme pour lui demander conseil mais le père du latex ne cillait pas et demeurait interdit. Il poursuivit mais fit en sorte que le ton restât conciliant :

- Mme Buthel, les mois de décembre, janvier et février n'ont malheureusement pas été honorés…
- Je le sais.
- Et pourtant, le contrat de bail vous oblige à…
- À payer, évidemment.
- Vous avez tout compris ! Je suis certain d'ailleurs que ce n'est sans doute qu'une négligence de votre part et… comment dire…vous allez vite, j'imagine…
- Payer.
- Oui, enfin, je ne sais pas si vous êtes en mesure de rembourser tout de suite, auquel cas, évidemment, nous pourrions peut-être envisager…
- J'en ai l'intention.
- Ah !… Eh bien, vous me rassurez. Quand pourriez-vous passer à l'agence ? Aujourd'hui, par exemple ?
- Venez plutôt chez moi, M. Berger.
- Pardon…
- Venez, je vous attends.
- C'est-à-dire que…disons que ce n'est pas la procédure habituelle…
- M. Berger ?
- Oui.
- Venez !

***

4

Durant lequel se manifestent avec force le légalisme de Frédéric Berger ainsi que son esprit frondeur, puis l'instant fatal où des spécialités asiatiques faillirent ruiner l'inéluctable rendez-vous et égarèrent la clé du coffre.

Lorsqu'il ouvrit la porte de son bureau à 12h07, Frédéric sursauta en découvrant face à lui l'épaisse silhouette de Le Floch. Le menhir ventripotent jubilait intérieurement, ravi sans doute de l'effet de surprise qu'il venait de provoquer. Adossé au chambranle de la porte de la cafétéria, le visage découvert, tirant crânement sur sa cigarette électronique, il disséquait Frédéric dans un sourire mauvais et ce dernier eut le sentiment désagréable que les deux petits yeux plissés qui le fixaient intensément étaient en réalité des meurtrières allongées et qu'on le criblerait bientôt de sarcasmes.

« Alors Berger, on s'enferme! On fait des petites cachotteries…! »

Frédéric avait vu juste. Le sang afflua aussitôt à ses joues un peu replètes mais le masque chirurgical qu'il portait scrupuleusement cachait avec une délicate pudeur ces rougeurs coupables. Cependant, il ne se démonta pas et puisqu'il ne savait quoi répondre, il fit semblant de ne rien vouloir dire. Surtout, pour la première fois, il osa : accrochant solidement le regard de Le Floch, il le tint longuement en respect, puis un silence parfait accompagna la courbe ample, déliée et solennelle de son bras, ce bras qu'il tendait à présent devant lui avec le poing fermé, à l'exception notable de l'index, cet index réprobateur qui pointait sans ambiguïté aucune la feuille blanche punaisée au mur, cette feuille que tout le monde – hormis Frédéric- feignait d'ignorer et qu'on nomme Règlement Intérieur. Le déménageur breton suivit ce doigt accusateur qui le conduisit tout naturellement vers *l'Article 2 : Hygiène et Sécurité.*

Le décret n° 2017-633 du 25 avril 2017, pris en application de la Loi Santé, institue une amende en cas de vapotage dans les lieux interdits. Il s'agit d'une contravention de 2e classe.

Il sembla à Frédéric qu'après cette lecture édifiante, Le Floch avait blêmi et s'était en partie liquéfié. Surtout, il avait ramené son masque d'un geste mécanique vers l'arête nasale. Pauvre *Jean-Michel La Flaque,* songea-t-il goguenard, et sans prévenir, il tourna les talons, disparut dans les couloirs de l'agence puis se retrouva rapidement dans la rue, près du métro Goncourt. Il n'avait pas laissé au piteux Le Floch le temps de lui demander des comptes. Et il n'en était pas peu fier.

C'est sûr, quelque chose avait changé.

Frédéric remonta successivement le col amidonné de sa chemise grise et la rue du Faubourg du Temple, grise également. Le pas était léger et le vent du matin s'était calmé pour laisser place à un ciel superbe, sans nuages. D'ordinaire, il jugeait cette rue populeuse, sale et tapageuse mais aujourd'hui il goûtait à son charme pittoresque et ne manquait pas d'appuyer des regards amusés sur tout ce qui l'entourait.

Arrivé à l'angle du boulevard de Belleville, ses yeux s'arrondirent. Il s'arrêta tout net. Marie Buthel lui avait donné rendez-vous à son domicile pour 12H30. Or, il lui restait dix bonnes minutes, bien plus qu'il n'en fallait pour couvrir les quelques deux-cents mètres qui lui restaient à parcourir jusqu'au numéro 28 de la rue Ramponeau. Il tâta nerveusement la poche de son pantalon beige en tweed pour s'assurer que son porte-monnaie en simili-cuir s'y trouvait bien. Une sorte de galanterie chevaleresque lui commandait en effet de ne pas arriver les mains vides, quoiqu'il craignit qu'une telle démarche ne débordât largement de ce cadre strict et professionnel auquel il était si fortement attaché.

L'instant d'après, nanti de deux nems au poulet et d'autant de samoussas aux légumes, il poussait joyeusement la porte d'un petit traiteur chinois, en espérant secrètement que Marie Buthel appréciât les spécialités asiatiques. Passé une vague hésitation, il n'avait finalement écouté que son cœur, sans regarder à la dépense.

Il traversa à pas enlevés le boulevard de Belleville, évitant soigneusement tous ces fâcheux qui avançaient cigarette au bec et masque sous le nez, et commença à attaquer le bas de la rue Ramponeau lorsqu'il sentit comme une moiteur déplaisante sur le haut de la cuisse gauche. Il se figea et aperçut une tache brunâtre à l'entre-jambe qui jurait au milieu du beige clair…

Frédéric avait toujours été un homme précautionneux, toujours maître de ses gestes, commandant main droite et main gauche avec pesanteur certes mais autorité. Une simple étourderie pouvait coûter cher et mieux valait ne pas agir avec célérité. Cela lui avait d'ailleurs toujours réussi. Quand le soir il se rendait au petit Franprix en bas de chez lui - à l'heure où tout le monde rentrait du travail et s'apprêtait à goûter aux joies d'un repos bien mérité-, et qu'il réglait ses courses à la caisse, rien ne devait le distraire : il prenait systématiquement le temps de remiser au bon endroit sa carte de crédit, de ranger le portefeuille à sa place idoine dans sa sacoche en skaï et, faisant gaillardement fi des soupirs exaspérés et autres commentaires grossiers qui parfois mouraient sur sa nuque, il se plongeait sans se démonter dans la lecture patiente et détaillée du ticket de caisse, à l'affût de la moindre méprise, traquant les promotions innocemment oubliées par la caissière, puis enfin il aimait à s'enquérir auprès d'icelle du nombre de points cumulés sur sa carte de fidélité.

Alors, pourquoi diable aujourd'hui avait-il fourré dans le fond de sa poche le petit sachet en plastique qui enfermait précieusement les mets frits… ! À quoi pouvait-il bien penser… !

Il plongea la main dans ses poches et son pouce caressa la croûte grasse d'un nem au poulet : le sachet trop fin s'était rompu et la sauce imprégnait à présent la percale de coton de la poche intérieure de son pantalon. Il s'approcha d'une poubelle verte, y jeta la mort dans l'âme nems et samoussas ainsi que le plastique éventré, pourlécha instinctivement ses doigts maculés de gras, puis se repentit aussitôt de sa conduite irréfléchie en se rappelant qu'il ne s'était pas désinfecté les mains depuis le *ristretto* du matin, alors il sortit le petit flacon de gel hydroalcoolique de sa sacoche, trop précipitamment sans doute, car ce geste brusque emporta avec lui la petite clé en argent, - celle qui ouvrait le coffre de l'agence B&C et dont il était le seul salarié de confiance à posséder un double- , une petite clé qui s'envola soudain et termina sa course étincelante et malheureuse tout au fond de la susmentionnée poubelle verte.

Depuis la fermeture imposée des gargotes, estaminets et autres cantines étoilées, la plupart des salariés de France apportaient pour le midi leur propre tambouille ou bien se restauraient dans de sordides fast-foods qui bordaient vilainement leur lieu de travail. Autant dire que les poubelles étaient vite remplies et qu'elles contenaient bien souvent les reliquats de tous ces plats jugés infâmes par de fines bouches habituées aux bonnes tables et qui aujourd'hui renâclaient à les avaler.

Le bras plongé dans les entrailles de la poubelle, recherchant à l'aveugle sous ses doigts fureteurs un contact métallique, Frédéric aurait pu aisément dresser l'inventaire de tous ces aliments qui n'avaient pas reçu les faveurs de leurs clients d'un jour. Les frites molles côtoyaient les pizzas décongelées, tandis que l'étude minutieuse de son bras de chemise révélait sans la moindre ambiguïté la présence d'un coulis de mayonnaise, de sauce blanche et de harissa qui nappait visiblement les restes d'un vieux kebab ramolli, jugé sans doute par trop bourratif.

« Je peux vous aider ? »

Frédéric, visage cramoisi et front ruisselant, langue saillante, jambes fléchies et avant-bras livré aux détritus, jeta un coup d'œil oblique vers cette voix qu'il crut aussitôt reconnaître puis ses yeux se posèrent pudiquement sur une jupe noire en latex. La jupe était moulante et arrivait juste au-dessus des genoux. Le regard de Frédéric glissa sur le galbe délicatement dessiné des mollets que terminait en bas une paire d'escarpins élégants en cuir véritable.

« Madame Buthel ?

- Frédéric ! »

***

5

Durant lequel Frédéric, sobrement vêtu d'une serviette de bain, confond maladroitement Charlie Parker et Marvin Gaye et l'instant touchant où tous deux s'étendent sur les désagréments liés aux insomnies.

Le bras seul s'était extrait de la cabine de douche pour attraper la serviette de bain rouge posée plus loin, près du lavabo. Deux secondes plus tôt, Frédéric avait passé brièvement la tête et ses yeux affolés avaient fouillé en vain l'espace réduit de la salle de bain à la recherche de son caleçon large à carreaux dans un premier temps, puis du reste de ses habits dans un second. Il resta donc à l'intérieur de la cabine pour s'essuyer entièrement, et les hanches ceintes de ladite serviette (qui portait la marque d'une célèbre chaîne d'hôtel), il sortit à pas de loup et observa en douce Marie Buthel dans l'entrebâillement de la porte. Elle était lascivement assise sur le canapé blanc, jambes croisées, cigarette Vogue à la main, et feuilletait nonchalamment *Le Monde Diplomatique*.

Elle était plus belle encore que sur la photo qu'il avait consultée quelques heures plus tôt. Derrière elle, sur un secrétaire ancien en bois de rose, un 45 tours microsillonnait en sourdine sur sa platine et faisait entendre un son que Frédéric ne reconnaissait pas, mais dont la pochette posée debout à côté lui permettrait dans deux minutes et treize secondes de passer pour un mélomane en déclarant d'un air entendu : « *Ah, ce bon vieux Charlie Parker... !* ».

Marie Buthel l'aperçut qui grelottait derrière la porte. Elle l'invita à s'approcher et devança la question qui lui brûlait les lèvres et lui fronçait les sourcils en annonçant que ses vêtements valsaient gaiement dans le tambour de la machine à laver. Elle avait lancé un cycle long et ne s'excusa pas de cette prise d'initiative car - elle l'affirma avec un tel aplomb que Frédéric ne songea pas un seul instant à en disconvenir - c'était la seule garantie de venir à bout des taches les plus tenaces. Quant à son masque chirurgical, elle avait dû le jeter, car il portait encore les souillures de la poubelle verte.

Puisqu'il fallait attendre, Frédéric attendit. Il accepta l'invitation et s'installa face à elle dans un fauteuil crapaud jaune moutarde, près duquel était posée sa sacoche en skaï. Une fois dépassée la gêne évidente qu'un accoutrement aussi minimaliste, voire quasi adamique, pouvait susciter de part et d'autre, la discussion tourna très vite autour de *Sexual Healing* de Marvin Gaye, la chanson que Marie Buthel était en train d'écouter.

« *Ooh, now let's get down tonight* »...Marie, cigarette pendue au bord des lèvres, fredonnait pour elle-même en livrant simultanément la traduction française des paroles, *Oh maintenant, laissons-nous aller*, tandis que de son poste d'observation privilégié, Frédéric observait, fasciné, le latex noir qui gainait merveilleusement la partie supérieure des jambes que son interlocutrice n'avait de cesse de croiser et décroiser. La jupe était fendue sur un côté et révélait toute sa fine épaisseur. « *I need some lovin'*. Il l'écoutait d'une oreille distraite, presque agacée, *J'ai besoin d'affection*, son esprit était ailleurs, tout entièrement tourné vers François Fresneau de La Gataudière dont le génie visionnaire avait permis ce miracle industriel, « *And baby, I can't hold it much longer* », et tandis qu'il serrait entre ses doigts le vulgaire coton rêche de la serviette de bain, *Bébé, je ne tiens plus*, il se rappela qu'il devait alerter au plus vite l'agence pour leur dire qu'il aurait sans doute un peu de retard, « *The waves are rising and rising* », il fallait qu'il aborde sans plus tarder le dossier, *Les vagues montent, montent,* de toute évidence, cette femme n'était pas de mauvaise foi, simplement elle se trouvait dans une situation délicate passagère, « *I want sexual healing* », mais était-elle vraiment en mesure de régler les trois loyers d'un seul coup, *Que le sexe me guérisse !,* c'est la question qui taraudait à cet instant Frédéric.

Il resserra sa serviette sur le côté, car elle commençait à être un peu lâche et hésita à demander un T-shirt ou n'importe quoi d'autre qu'il eût pu endosser mais, craignant que cette requête légitime pût paraître un tantinet familière à Marie Buthel et qu'elle ne retardât plus encore cet entretien professionnel pour lequel il avait accepté de se déplacer, Frédéric attaqua le sujet de front, après avoir attendu, par bienséance, la fin de la chanson.

« Madame Buthel, vous m'avez demandé de venir pour aborder le sujet…
- Je ne vous ai même pas proposé un verre !
- Non, merci, pas pendant le service.
- Un thé, peut-être ?
- Vous avez du café ?
- C'est comme si c'était fait !»

Marie écrasa sa cigarette dans une soucoupe de porcelaine rose pâle, recracha la fumée en souriant derrière les volutes bleues, se redressa dans un lent et voluptueux effort et lorsqu'elle lui tourna enfin le dos, en route vers le coin cuisine, Frédéric ne put s'empêcher de reluquer sa jupe en latex naturel qui lui moulait merveilleusement la taille. Quel matériau incroyable, quelle souplesse !, songea-t-il le souffle coupé. Frédéric, serviette rouge nouée sur le côté, se leva à son tour pour ouvrir la fenêtre et chasser de l'appartement la vilaine odeur de tabac. Ce faisant, il aperçut une petite dame âgée dans l'immeuble juste en face qui s'époumonait à frotter ses carreaux. Quand leurs regards se croisèrent, il la salua en inclinant cérémonieusement la tête mais celle-ci, curieusement, recula d'un bond et referma aussitôt de lourds rideaux rouges sur la croisée.

Cette attitude, pour le moins hostile, arracha un sourire désolé à Frédéric qui constata, à travers cet exemple trivial, l'inexorable détérioration des relations humaines en matière de voisinage.

« Du sucre ?

- Oui, un demi seulement, s'il vous plaît »

Frédéric avait repris sa place dans le fauteuil crapaud. La petite tasse fumait devant ses genoux découverts. Il but une fine gorgée, fit claquer sa langue en guise d'acquiescement, puis reposant le café Arabica, il entreprit de commencer sans plus attendre l'entretien et se palpa instinctivement les côtes à la recherche d'un stylo afin de prendre quelques notes, mais ses mains idiotes échouèrent sur son torse nu.

« Vous auriez de quoi écrire ?

- Vous écrivez à la plume, Frédéric ?

- Parfois, oui. »

Marie Buthel lui tendit un stylo plume Montblanc tiré d'une grosse boîte à cigares en bois précieux, sur la table basse du salon. Elle posa également, tout près de la tasse, une petite feuille blanche assez épaisse au grain cependant très fin avec les initiales *L.M* et un téléphone en en-tête. Frédéric se tint coi, bien qu'il appréciât à sa juste valeur le matériel qui lui était fourni.

« Bon, concernant le loyer donc…
- Encore un peu de café ?
- Non, c'est gentil. Après, le soir, je mets un temps fou à m'endormir…Je suis sujet aux insomnies…
- Nous sommes vraiment faits pour nous entendre, Frédéric…!
- Vous aussi !
- Oui, si vous saviez...C'est un enfer ! Quand je suis seule dans mon lit, la nuit, toute seule, il arrive bien souvent que moi non plus je ne trouve pas le sommeil. Et pourtant, je me mets à l'aise, vous voyez, j'ôte un à un tous mes vêtements…
- Et vous n'avez pas peur de prendre froid !
- Oh non, Frédéric, j'ai chaud, beaucoup trop chaud même…Tantôt je m'étire, tantôt je me pelotonne, tantôt je me masse le bas du ventre pour me détendre tout à fait, tantôt je caresse la soie des draps, tantôt mes doigts se crispent tandis que je mords l'oreiller et…
- Vous avez essayé de dormir la fenêtre ouverte ?
- Oui, mais rien n'y fait, rien, aucune position ne me va, rien ne me distrait de mes pensées mauvaises… Alors, je me tourne et me retourne, seule dans ce lit beaucoup trop grand, jusqu'à l'aube…
- Eh bien moi, Madame Buthel, c'est tout le contraire, je suis frileux ! Je m'enrhume par les pieds. Même l'été, je dors avec des chaussettes !

Frédéric appréciait la simplicité de cette femme qui n'hésitait pas à s'ouvrir à un inconnu à propos de ces petits tracas quotidiens que certains esprits abrupts jugeraient volontiers dérisoires, alors qu'ils ne le sont aucunement, quand on sait les bienfaits psychiques et physiologiques d'un bon sommeil réparateur. Il songeait, le cœur meurtri, à la pauvre Marie Buthel pantelante, travaillée par d'insolubles problèmes financiers, et à toutes ces nuits que ses nombreux soucis avaient dû blanchir sans la moindre pitié. Il remarqua cependant qu'elle avait une manière très particulière de s'exprimer. Souvent sa voix semblait se traîner et prenait des inflexions graves et lentes. Il se demanda si cela ne trahissait pas une forme d'épuisement physique et moral dans lequel ses longues nuits sans sommeil l'avaient plongée ou tout simplement un léger accent provincial dont il ne parvenait pas à identifier précisément l'origine.

Le téléphone sonna. Celui de Frédéric. Il sursauta. Il jeta un coup d'œil à sa montre : 14h12. Son regard s'arrondit, puis vadrouilla à l'intérieur du petit salon, en maraude, à la recherche de quelque chose...

« Vous cherchez... ?

- Euh, vous n'auriez pas vu mon duffle-coat ? J'ai mon téléphone à l'intérieur.

- Il est sur le lit.

- Bien !

- Dans ma chambre…
- Oui, oui.
- Voulez-vous que je vous accompagne… ?
- Non, je vous en prie, ne vous donnez pas cette peine ! Vous en avez déjà beaucoup fait pour moi, j'en suis presque gêné. Je ne veux surtout pas que vous vous dérangiez. Indiquez-moi simplement où est la chambre. »

D'un petit coup sec du menton, Marie Buthel pointa la porte, au fond du couloir. Frédéric remarqua que son visage s'était légèrement empourpré et se demanda si elle n'avait pas, par pudeur, minimisé ses problèmes de sommeil. De toute évidence, ces poussées de chaleur qui lui couperosaient le teint venaient la harceler, la nuit comme le jour…

Il pénétra dans la chambre, aperçut la masse gris-clair de son manteau sur le large lit qu'une parure en soie rose satinée recouvrait et s'empara de son téléphone. C'était bien l'infâme Le Floch qui avait tenté de le joindre…Il rappela.

« Oui, Jean-Michel, c'est moi…
- Qu'est-ce que tu fous, Berger, on t'attend ! La boss est furax !
- Je suis sur le dossier Buthel, je…
- Appelle-moi *con*, j'ai vérifié, t'es pas dans ton bureau !
- J'ai préféré me déplacer chez la cliente...

- C'est quoi ces conneries ! Depuis quand tu te déplaces chez les clients, toi ! Bon, peu importe, mais grouille-toi. Tu peux être là dans dix minutes ?
- Je ne crois pas…
- Combien alors ?
- C'est combien un cycle long… ?
- Mais de quoi tu me parles, Berger !
- De lavage en machine, Jean-Michel. »

***

6

Durant lequel Frédéric, plongé dans les affres du désespoir après l'échange téléphonique avec l'odieux Le Floch et la chute de la serviette rouge, se souvient avec componction de l'estime et l'inébranlable confiance que lui voue sa patronne Anne-Marie Boutboul.

Le goujat Le Floch, oublieux des convenances qui président habituellement aux bonnes relations entre collègues, lui avait sèchement raccroché au nez. Quoique offusqué par ce comportement atrabilaire, Frédéric était un peu secoué, chahuté de l'intérieur, pris dans le roulis des événements : pour la première fois, il lui sembla en effet que l'ire du tempétueux Le Floch était amplement justifiée. Jamais, de toute sa longue carrière, Frédéric n'avait manqué à ses obligations professionnelles, jamais son siège n'était resté lamentablement vide lors d'aucune réunion de travail

Il regagna le salon tête baissée, un peu groggy par une situation nouvelle et incommodante qu'il n'avait encore jamais expérimentée. Il traversa le couloir dans la lenteur du désespoir, portant sur lui le poids toujours plus lourd de la culpabilité. En passant près de la salle de bain, il entendit le lave-linge qui entamait enfin le programme essorage. Le déchaînement progressif de ce bruit sourd et brutal le plongea dans une grande affliction qui s'accrut à mesure que les roulements de tambour s'intensifiaient.

Marie Buthel était debout, près de la platine vinyle. Elle tenait entre les doigts une pochette d'album écornée qui visiblement avait vécu.
Elle avait profité de ce court intermède téléphonique pour enfiler un chemisier en soie noire et reprendre une cigarette. Un châle à franges recouvrait maintenant ses épaules. Sur le moment, elle avait semblé surprise de le voir apparaître et Frédéric avait cru déceler chez elle, sur ce visage d'ordinaire si avenant, comme un voile de sombre mélancolie. En l'apercevant, elle retrouva instantanément cette belle lumière intérieure.

« Lou Reed, vous aimez ? »

Devant le haussement d'épaules dubitatif de Frédéric, elle fronça bouche et nez de manière enfantine pour indiquer qu'elle désapprouvait également ce choix, remisa aussitôt le disque dans sa pochette et opta pour un autre album : *Love Songs* d'Elvis Presley.

« God save the King ! »

Elle avait dit cela dans un éclat de rire, juste après avoir lancé le disque et augmenté singulièrement le volume, mais sa bonne humeur cessa immédiatement lorsqu'elle s'aperçut que Frédéric ne la rejoignait pas dans son enthousiasme débridé. Il restait planté là, comme un quidam sur le quai, et l'observait sans la voir, les yeux dans le vague.

Le coton rouge de la serviette bâillait dangereusement sur un côté, mais on eût dit qu'il ne se rendait compte de rien, encore préoccupé par cet échange lapidaire qu'il avait eu avec l'indocile Le Floch quelques minutes plus tôt. Il sentait confusément que quelque chose lui échappait mais peut-être confondait-il ses propres états d'âme, un sentiment de honte mêlé de désarroi, avec ce nœud latéral qui insidieusement se débouclait dans le secret des fibres textiles. Elvis chantait à tue-tête pour lui seul son *Unchained Melody,* sans que ni Marie Buthel ni Frédéric n'y prêtassent la moindre attention, *« and time goes by, so slowly and time can do so much »*, tous deux enveloppés dans un silence inquiet, *« le temps s'en va lentement, il peut faire tant de choses »*, et c'est alors qu'un simple geste de Marie sortit immédiatement Frédéric de sa triste rêverie. Elle avait esquissé un petit pas dans sa direction, - peut-être songeait-elle alors inconsciemment à le réconforter, qui sait ?-, toujours est-il que Frédéric se souvint instantanément des recommandations du gouvernement en matière de distanciation et d'instinct, il recula à son tour, mais le mouvement vers le haut de sa cuisse gauche, quoique léger, eut raison des ultimes résistances du textile. Cette fois-ci, Frédéric ne fut pas assez prompt à réagir et la serviette se déroba, passant à quelques centimètres seulement de ses doigts affolés. Et pendant que la voix suppliante d'Elvis lui déchirait les tympans et la poitrine, « *I need your love, I need your love* », Frédéric restait figé face à Marie Buthel, hébété, interdit, « *Je veux ton amour, je veux ton amour* », perdu. Tout nu.

«... *God, speed your love, to me* »

N'eût été sa propre nudité qui - il faut bien l'avouer - convenait mal à un entretien professionnel, Frédéric Berger aurait pu enchaîner de façon naturelle par une série de questions à l'endroit de Marie Buthel. Il hésita d'ailleurs à le faire, car la dette que celle-ci avait contractée auprès l'agence B&C, et qui indisposait tant le sourcilleux Le Floch, méritait en effet d'être discutée au plus vite. Frédéric jugea néanmoins qu'il était plus judicieux de récupérer à ses pieds la serviette de bain rouge et de redonner, à l'instant présent, toute sa dignité. Certes, il percevait obscurément que ce face-à-face avait quelque chose d'incongru. Quiconque eût fait irruption dans l'appartement aurait eu peine à croire à un véritable rendez-vous professionnel, mais Frédéric Berger n'avait cure des apparences. C'était un homme honnête, pur et brave. Sans défaut.

Avant tout, il était urgent de reprendre le contrôle des choses. Sans se départir de son flegme habituel, il retourna d'un pas grave vers la chambre à coucher et revint quelques secondes plus tard, l'air toujours imperturbable, revêtu de son seul duffle-coat - il avait abandonné la serviette de bain sur le lit - dont il avait boutonné un à un les brandebourgs en bois. Le manteau lui arrivait à mi-cuisses et laissait apparaître deux jambes maigrelettes à la pilosité clairsemée. Il alla s'asseoir dans le fauteuil jaune moutarde, arrangea son manteau de sorte que les pans de celui-ci recouvrissent ses genoux rougis, s'arma du précieux stylo plume et, d'un subtil et solennel battement de paupières, fit signe à Marie Buthel de le rejoindre.

« Reprenons, si vous le voulez bien, le dossier qui nous préoccupe.

- Un souci avec l'agence, Frédéric… ?

- Disons, un léger contretemps… Une réunion à laquelle j'aurais dû assister…

- Avec votre patron ?

- …avec ma patronne, Madame Boutboul. »

De nouveau, d'insondables remords refluèrent qui le firent vaciller. Son visage se crispa dans un douloureux sourire. Craignant de se décrédibiliser tout à fait, Frédéric Berger n'osait confier les tourments qui à cet instant le traversaient : il avait oublié cette réunion du comité de direction, pourtant inscrite à son agenda depuis le début de la semaine. A cette heure-ci, tous les chefs de service de l'agence B&C avaient été disposés autour de la grande table ovale de Madame Boutboul, installés comme toujours à la place qui leur avait été dûment attribuée, l'oreille attentive, la moue songeuse et le stylo qui frétille, notant d'un zèle opiniâtre chaque parole, chaque consigne de la très charismatique Anne-Marie Boutboul et acquiesçant à chacune de ses interventions d'un signe ostensible de la tête.

    Frédéric Berger aurait dû être de ceux-là. Comment se le pardonner ! Son absence était d'autant plus remarquable que sa patronne lui avait accordé lors de la réunion du 17 mars 2016 le privilège de s'installer tout près d'elle, juste à sa droite, au grand dam du très envieux Le Floch, rejeté à l'autre bout de la table, entre un représentant du personnel et celui de la société de nettoyage Net&Quick. Frédéric avait trouvé dans ce coudoiement fugace mais régulier avec Anne-Marie Boutboul une sorte de compensation à cette augmentation de salaire qui n'arrivait jamais. Il y avait dans ce frôlement furtif de leurs corps quelque chose d'électrisant et aussi - paradoxalement- d'apaisant, d'autant plus que nul autre que lui n'avait jamais pu s'asseoir près de Madame Boutboul. Sur la gauche d'icelle, le place restée vacante était en effet destinée à recevoir tout un amoncellement de dossiers. Il était ainsi le seul à pouvoir se prévaloir de cette proximité avec la directrice de l'Agence B&C. À l'époque, la satisfaction et la fierté discrètes qu'il en avait tiré étaient accentuées par les marques d'estime qu'on lui prodiguait depuis lors. Durant les semaines qui avaient suivi cette forme d'intronisation, l'ensemble du personnel lui avait donné du « Monsieur-le-bras-droit », ce qui le gonflait d'orgueil tout autant que cela le gênait aux entournures, mais peu à peu, cette déférence s'était effacée et, aujourd'hui, personne n'aurait songé à l'appeler autrement que par son patronyme : Berger.

« Je vous sens inquiet, Frédéric… Quelque chose vous tracasse ? »

Il ne s'était aperçu de rien, tout entier livré à ses mornes pensées, perdu dans les limbes du souvenir, mais Marie Buthel était maintenant agenouillée à ses pieds, comme Marie-Madeleine devant le Christ rédempteur. Elle avait passé ses longues mains délicates sous la laine épaisse du duffle-coat et caressait du pouce ses genoux joints.

Elle tendait vers lui son cou pâle et gracile et le couvait d'un regard plein de douceur. Ces deux yeux mouillés et attendris soulevèrent le cœur de Frédéric, mais de nouveau il recula prestement pour retrouver le mètre de distance réglementaire. Il n'en voulait aucunement à la naïve Marie Buthel dont la touchante compassion lui avait fait oublier un instant les nécessaires gestes barrières.

L'évocation d'Anne-Marie Boutboul et l'insigne honneur qu'elle lui avait accordé en l'installant à ses côtés lors des réunions de direction rappela soudain à Frédéric Berger cet autre privilège qu'elle lui avait réservé peu de temps après : ce double de la clé du coffre confié comme une marque ultime de confiance. Il se souvenait encore de cette période comme d'une sorte de lune de miel professionnelle, une apothéose. C'est alors qu'un éclair de lucidité le frappa soudain, suivi deux secondes après de ces quelques mots sibyllins :

« Merde, la clé ! »

Cette petite clé qu'il avait toujours jalousement conservée au fond de son portefeuille et sur laquelle il veillait sans cesse avec une maniaquerie scrupuleuse, cette petite clé argentée qui représentait tant pour lui, cette clé avait aujourd'hui bel et bien disparu. Il se souvenait maintenant : il l'avait cherchée en vain dans la panse remplie de la poubelle verte et depuis, plus rien n'allait...

« Qu'est-ce qui ne va pas, Frédéric ?

- Ce n'est rien…

- Est-ce que je peux vous aider ?

- Madame Buthel, puis-je vous poser une question indiscrète ?

- Allez-y, je vous en prie.

- Avez-vous un sèche-linge ? »

***

La coagulation

7

Où Frédéric, coiffé d'un casque de l'armée prussienne, traverse joyeusement Paris à l'arrière d'une Vespa rose et regagne ses pénates juste avant le couvre-feu de 19h.

À 18h12, lorsqu'il s'approcha de la vieille Vespa de Marie Buthel, Frédéric sentit son ventre se nouer. La poubelle verte qu'il avait visitée au mitan de cette journée sans fin était désormais vide. Elle avait dû être remplacée durant l'après-midi dans un geste mécanique par quelque employé municipal. Un examen aussi vif qu'attentif renforça ses craintes : il n'y avait nulle trace de la petite clé ni sur le trottoir ni dans le caniveau. Il resta un long moment interdit, le nez planté dans le bitume, sans rien révéler de ses terribles angoisses. Avant de grimper sur la petite guêpe italienne, Marie Buthel lui tendit un casque.

- Vous êtes vraiment certaine qu'il est homologué ?
- Il ne prévient pas les amendes, mais les mauvaises chutes. Allez, prenez !

Frédéric esquissa un rictus poli et enfonça sur sa tête embrumée le vieux casque à pointe de la Prusse impériale qu'elle avait déniché aux Puces de Saint-Ouen, deux semaines plus tôt. Il fit la moue en apercevant l'aigle en métal doré qui déployait ses ailes sur le front, et la pointe, dorée elle aussi, qui montait en flèche sur le haut du crâne, mais il n'osa formuler la moindre remarque. De toute façon, il était trop tard pour rentrer à pied et il rechignait à prendre le métro, d'autant que le ticket à l'unité atteignait désormais la somme vertigineuse de deux euros, soit le prix de trois nems au poulet (en négociant un peu le troisième). Sa cliente lui avait gentiment proposé de la raccompagner chez lui avant le couvre-feu de 19h et il ne voulait pas la décevoir. Mais ce qu'il désirait par-dessus tout, c'était d'en finir avec cette journée éprouvante et se retrouver en tête à tête avec son chat Nelson.

Il avait passé tout l'après-midi chez elle, foncièrement déprimé, attendant que ses vêtements séchassent pendant que Marie Buthel s'évertuait, derrière sa platine vinyle, à lui enseigner les différences fondamentales entre les salsas cubaine et colombienne. Les événements de la journée lui avaient tellement tourneboulé la cervelle qu'il en avait oublié ce pourquoi il était venu et, épuisé, le bas du dos coincé dans le petit fauteuil crapaud, le regard abattu, absent, il avait fait semblant de l'écouter, bien que son esprit fût ailleurs. Entre temps, il avait appelé l'agence pour leur annoncer que, victime d'un léger malaise vagal, il préférait rentrer chez lui pour se reposer. C'est Marie Buthel qui l'avait encouragé à avancer ce boniment lamentable, prétextant qu'un mensonge à peine crédible valait mieux qu'une vérité qui ne l'était pas du tout.

« Vous préférez peut-être y aller à moitié nu… ! »

La mort dans l'âme, il avait suivi ses conseils. Frédéric était un homme vertueux qui n'avait jamais supporté le mensonge et n'estimait chez les autres que la droiture et l'honnêteté. Il ne voulait pas ressembler à ce tartufe de Le Floch, d'une répugnante servilité, qui souriait onctueusement à Madame Boutboul à chacune de leur rencontre pour mieux la débiner quelques minutes plus tard devant la machine à café. « Il faut savoir se montrer digne de confiance » : voilà une expression que son père lui répétait à l'envi lorsqu'il était enfant et dont il avait sagement retenu la leçon. Il s'échinait d'ailleurs à l'appliquer avec une fidélité tatillonne.

La Vespa rose n'étant pas assez puissante pour emprunter le périphérique, Marie Buthel décida de couper par Stalingrad, Barbès et les Batignolles, et se retrouva à la Porte d'Asnières à 18H40.

Au départ, lorsqu'il lui fallut prendre place à l'arrière du deux-roues, Frédéric fut pris d'un doute et se demanda si le principe des distanciations était encore valable lorsqu'on se tournait le dos…Par précaution, il s'installa à l'extrême poupe de la longue selle noire craquelée, désireux d'éviter tout contact avec sa conductrice, mais le premier coup de frein l'invita à se rapprocher d'elle considérablement et à lui ceindre vigoureusement la taille.

    C'était la première fois qu'il voyageait de la sorte. Jamais il n'avait enfourché un scooter ni une moto mais étrangement, cette folle cavalcade à travers les rues de Paris le grisa comme jamais. Il éprouvait la joie insensée de vivre à cent à l'heure, dangereusement, l'impression exquise de jeter enfin sa gourme, de se sentir libre et même un peu rebelle, d'autant plus que Marie Buthel faisait peu de cas des cédez-le-passage et autres feux rouges. Certes, il ne manquerait pas de lui en faire discrètement le reproche à leur arrivée, car toute entorse à la règle se devait d'être signalée, mais dans le fond de son âme, il la remerciait de l'entraîner sur ces voies illicites et périlleuses. Bien sûr, il savait que si un agent de police venait à faire barrage, il ne pourrait, lui Frédéric Berger, être tenu pour responsable de toutes ces infractions au code la route, puisqu'il n'était que l'innocent passager, embarqué malgré lui dans une équipée effrénée dont il ne maîtrisait rien. Nonobstant ce léger malaise que lui procurait ce manquement délibéré à la loi, Frédéric goûtait avec une délectation inédite et sans égal à cette virée étourdissante. Tout l'excitait : le bruit pétaradant du moteur, le vent frais qui lui entre-fermait les yeux, s'engouffrait sous le col de sa chemise et le faisait frissonner, les néons des sex-shops aux abords de Pigalle qui le ramenaient aux souvenirs anciens des fêtes foraines…Seule sa main droite le faisait atrocement souffrir car à chaque fois qu'elle s'abattait sur le haut du casque pour le retenir, Frédéric oubliait que celui-ci était surmonté d'une pointe acérée capable d'embrocher n'importe quel morceau de viande…Mais cette main endolorie, autant que sa jumelle épargnée, trouvaient un juste et doux réconfort au contact du latex naturel, cette jupe qui moulait admirablement les fesses de Marie Buthel et lui arrivait jusqu'au nombril. La pulpe de ses doigts en tâtait la merveilleuse élasticité, en appréciait la rassurante fermeté qui - soit dit en passant fait tant défaut au latex synthétique -, et ivre de bonheur, Frédéric Berger l'agrippait de toutes ses forces, tandis que Paris défilait sous ses yeux mi-clos.

« Voilà, Frédéric ! Fin de la course !»

Marie Buthel avait ôté son casque. D'un geste lent, elle avait ébouriffé son abondante chevelure blonde et s'était retournée vers lui en le gratifiant de son plus beau sourire.

« Je ne vous propose pas de monter prendre un verre, Madame Buthel.

- Tant pis…

- Si vous voulez être chez vous avant 19h, il n'y a pas de temps à perdre.

- Comme vous voulez…

- Et puis, je n'ai rien d'autre à vous offrir que de l'eau…

- C'est parfait !

- Non, vraiment, ça me gêne…Ce ne serait pas correct. Merci pour tout. Je vous rappellerai dans les prochains jours, car je m'aperçois que nous n'avons pas abordé la question du loyer.
- J'attends ton appel, Fred. Des bisous !
- Au revoir, Madame Buthel.

La rue Victor-Hugo était saturée de voitures qui se dépêchaient de rentrer avant l'heure fatidique du couvre-feu. Frédéric Berger donna un coup d'œil circulaire à cet environnement sordide et pourtant si familier, gonfla sa poitrine d'air et respira longuement, à l'image sans doute de ce brave Ulysse de retour à Ithaque. Il se retourna et aperçut au loin le scooter rose de Marie Buthel qui disparaissait dans le lointain. Il esquissa un sourire bref en repensant à ce diminutif qu'elle avait utilisé au moment de le quitter : *Fred*. Depuis combien de temps ne l'avait-on pas appelé ainsi… ? Il est vrai que son statut de Chef du service Recouvrement était un frein à ce genre de familiarité, mais il est vrai aussi qu'aucun des salariés de l'agence – à la différence de Marie Buthel - ne l'avait jamais aperçu en tenue d'Adam, ni sur les heures de travail, ni même en dehors. Cette posture, quoique fâcheuse et apparemment équivoque, ne l'avait pas troublé outre mesure car elle n'avait résulté que d'un déplorable concours de circonstances et il s'était d'ailleurs prestement rhabillé. La très pure et chaste Marie, elle-même, le savait bien qui ne songeait pas un seul instant à l'accabler de soupçons ou de reproches.

Durant cette folle journée, tout était pourtant allé de travers. Le matin déjà, alors qu'il parcourait les rues nerveuses de Paris et luttait contre les vents contraires pour se rendre à l'agence, il avait eu ce pressentiment - qu'ont parfois les êtres pourvus d'une sensibilité à fleur de peau comme peut l'être Frédéric Berger – d'aller au-devant des problèmes. Il avait vu juste : une réunion de direction manquée, une longue absence injustifiée et surtout, la clé du coffre irrémédiablement perdue.

Lorsqu'il déverrouilla la porte d'entrée de son appartement, il entendit les petites pattes de Nelson qui dévalaient les escaliers. Il avait déposé consciencieusement ses mocassins sur le paillasson rouge et attendait que le fauve, dos arrondi et queue relevée, vint se frotter en ronronnant à ses jambes, comme il avait l'habitude de le faire.

Mais Nelson était resté tout en bas des marches et, bien assis sur son séant, il le regardait d'une manière qu'il jugea hautaine, voire sévère. Un bref instant, il imagina que l'esprit d'Anne-Marie Boutboul habitait le corps soyeux de son chat et qu'elle le réprimandait en silence dans sa fourrure persane, mais il balaya aussitôt cette idée saugrenue de ses pensées et se rappela d'une part, qu'il était toujours coiffé d'un casque de l'armée prussienne, d'autre part, que le pauvre Nelson n'avait pas mangé depuis le matin. Il visa sa gamelle près de la fenêtre : plus une seule croquette. Pas étonnant qu'il ne lui fît pas la fête…

D'une manière générale, Nelson avait bon caractère. Lorsqu'au lever du jour, il posait ses pattes si délicates sur le visage encore ensommeillé de Frédéric, jamais ce dernier ne sentait les griffes de l'animal lui entrer dans l'épiderme. Au contraire, il appréciait ces coussinets adipeux qui lui pétrissaient les joues et délivraient la plus douce et la plus tendre des caresses. Seulement, c'était un chat qui certes réclamait peu mais exigeait beaucoup. Il était extrêmement réglé et très à cheval sur les horaires. Or, Frédéric avait pour habitude d'arriver à 18h20 tapante et de le nourrir aussitôt la porte franchie. Il regarda l'heure sur son téléphone : 18H47.

Alors que l'attitude toujours aussi austère du félin lui commandait de se racheter au plus vite, il entendit l'interphone. Il hésita un peu, bredouilla une forme d'excuse auprès de Nelson et alla décrocher.

« Fred, c'est Marie.
- Oui…
- Par hasard, vous n'auriez pas perdu une clé ?
- Une clé comment ?
- Bah, une clé, quoi... ! Petite, en argent…
- Montez, je vous ouvre ! »

***

8

Durant lequel Frédéric Berger, reçu fraîchement par le très rigide Nelson, se retrouve dans un tête-à-tête bouleversant avec Marie Buthel et oublie les minutes qui s'écoulent inexorablement...

Le casque à pointe dans une main, il poussa la grosse porte en chêne massif. Marie Buthel tenait la petite clé coincée entre le pouce et l'index, à hauteur de sa bouche, attendant d'un air espiègle de déchiffrer une expression quelconque sur son visage. Celle-ci ne se fit pas attendre puisqu'à peine l'eut-il aperçue qu'il lâcha le casque métallique et se jeta littéralement sur elle, dans un irrépressible élan de tendresse et de reconnaissance, puis l'embrassa partout, follement, désespérément, comme un pèlerin exténué, ventre à terre, baiserait la sainte relique. Oui, Frédéric embrassait dévotement la clé du coffre !

Nichée dans le creux de sa main, adorable et scintillante comme des paillettes d'or dans le lit de la rivière, l'idole en acier à double panneton était bien là, à nouveau, et ne disparaîtrait plus désormais que sous ses seuls baisers.

« Où l'avez-trouvée ?

- Par terre, dans la rue. Juste avant de te ramener ici en scooter ! »

Frédéric allait ajouter quelque chose mais un miaulement lui coupa soudain la parole. Marie Buthel ne cilla pas. Il lorgna alors du côté de la fenêtre. C'était Nelson ! Il perdait patience devant sa gamelle vide, royalement installé sur son auguste derrière dans une attitude un peu roide et dédaigneuse.

« Oh, pardon mon grand !»

Nelson fit comme s'il n'avait rien entendu et attendit sagement que l'écuelle caoutchouteuse fût intégralement remplie et son maître à bonne distance pour lui donner congé en émettant un ronronnement poli. Frédéric recula de quelques pas et le regarda, l'œil anxieux, déguster sa platée de croquettes, guettant chacune de ses réactions. Généralement, il agrémentait ce plat de deux cuillerées à café de pâté à la dinde, mais son empressement à le servir avait été si grand qu'il en avait oublié ce savoureux mélange.

« Nelson a le palais délicat et un peu sec. Le pâté apporte du moelleux.»

Ses craintes, il les confiait à Marie Buthel dans un chuchotement, sans même un regard pour elle, tant il était absorbé dans la contemplation du félidé. Elle venait de prendre place dans le grand canapé vert, après avoir jeté nonchalamment son manteau sur le fauteuil juste en face.

« Il a quel âge ?

- Déjà vingt ans ! C'est ma mère qui me l'a donné chaton, lorsqu'elle a déménagé en province.

- Fred, si je miaule, tu m'apporterais un verre d'eau…?»

Frédéric Berger se retourna et on eût dit qu'il était stupéfait de la trouver là, étendue de tout son long dans le canapé. Elle s'était mise à l'aise, avait dégrafé les deux boutons supérieurs de son chemisier noir et s'était déchaussée. Il remarqua ses chaussures à talon, laissées sur le flanc près de la porte d'entrée.

« L'eau du robinet, ça vous va ?

- Très bien…Dis, Fred, et si tu me tutoyais… !»

Tandis qu'il faisait couler l'eau dans la carafe en verre, Frédéric Berger se demanda s'il n'outrepassait pas son rôle de Chef du service recouvrement en tutoyant une cliente qui avait tout de même trois mensualités de retard. Il ne pouvait nier cependant qu'elle avait volé plusieurs fois à son secours, d'abord en lavant astucieusement ses vêtements à 40°C sur le programme *Linge délicat*, puis en lui remettant la clé du coffre qu'il avait fort maladroitement égarée.

Il posa sur la table basse du salon un verre rempli d'eau fraîche et, au prix d'un effort considérable, il barbota une drôle de phrase où tutoiement et déférence cohabitaient mal :

« Voilà ton verre d'eau, Madame Buthel !

- Marie…

- Madame Marie Buthel.
- Pas de madame, Marie tout court !
- Marie, alors…Je n'avais pas d'eau minérale, désolé…
- C'est très bien comme ça ! »
- Bon…»
(…)

(*Amis lecteurs, permettez-moi d'intervenir et d'interrompre un instant le cours de ce récit palpitant. Je ne puis aller plus avant dans le pénible échange qui va suivre, car il est d'une confondante banalité et ne saurait mettre en valeur notre héros. Vous avez compris, je pense, toute l'affection que je porte à Frédéric Berger. Je n'ai de cesse de louer ses qualités morales, mais vous devez également comprendre la gêne qui est la sienne à cet instant. C'est la première que fois que Frédéric reçoit une femme chez lui, belle de surcroît, si l'on excepte les rares visites de la gardienne Madame Tumouche, qui se déplace une fois l'an pour présenter ses bons vœux et récupérer ses étrennes. Sans la présence aimable de Nelson, qui fit malgré lui diversion et détourna les regards de nos deux protagonistes, nul doute que le pauvre Frédéric, au bord de l'apoplexie, eût perdu tous ses moyens*).

« Au fait, Marie, je ne t'ai rien dit sur le moment, mais vous avez brûlé trois feux en venant ! »

Le souvenir encore vivace de cette infraction routière soulagea Frédéric qui trouvait ici le moyen de relancer la conversation en même temps qu'il lui permettait de rappeler le nécessaire respect des lois pour tout citoyen, quel qu'il soit.

«J'en ai grillés quatre! Mon problème, c'est que je suis souvent dans le rouge…»

Frédéric n'avait pas saisi l'allusion à peine déguisée aux déboires financiers de Marie, mais puisqu'elle riait de bon cœur, il l'accompagna comme il put, bien que son rire sonnât faux. Soudain, il réalisa :

« Mais bon sang, en parlant d'être dans le rouge… !

- Oui, Fred…

- J'y pense, d'un coup…

- Oui…

- Il est plus de 19h !

- Effectivement.

- C'est…C'est fâcheux…

- Si je sors, oui, c'est embêtant… »

Nelson sauta à cet instant sur les genoux de Frédéric, bien décidé à se montrer magnanime et à faire la paix au plus vite avec son maître, pour ne pas donner plus d'importance à une affaire qui n'en était pas vraiment une. Frédéric caressa machinalement l'échine duveteuse qui ploya sous ses caresses comme pour leur échapper. Il fixait Marie Buthel avec effroi. En retour, elle attrapa son regard avec une intensité rêveuse. Il semblait réfléchir à voix haute, cherchant une solution qui n'existait pas :

« Mais peut-être que vous n'êtes pas non plus à une infraction près…

- L'amende est tout de même bien salée…Elle tomberait au pire moment pour moi…

- Oui, effectivement…Cela correspond à une contravention de 4ème classe punie par une amende de 135 euros.»

Pour Nelson, et malgré la présence inhabituelle d'une inconnue, toute pudeur s'était évanouie. Il ronronnait maintenant de plaisir près du visage de Frédéric, donnant çà et là quelques mignons coups de tête en guise de câlineries et d'encouragements. Marie Buthel, quant à elle, avait ôté un nouveau bouton de son chemisier, ce qui alerta immédiatement Frédéric, car il n'ignorait rien désormais des soucis de santé de sa cliente qui souffrait d'épouvantables bouffées de chaleur.

« Tout va bien, Marie ?

- Je repensais à ce que tu disais, tout à l'heure, à propos du respect des lois…

- Oui, enfin il y a la loi et l'esprit de la loi...

- Il y a surtout ce fichu virus dont on ne viendra jamais à bout si chacun interprète les règles comme il l'entend.

- La loi est claire, c'est indéniable…

- Très claire.

-…

- Bon, arrêtons de tergiverser ! Je dors ici cette nuit ! C'est plus sage. »

***

9

Durant lequel le narrateur, par pure commodité, et encouragé par l'auteur lui-même, profite de sa position omnisciente pour décrire avec une once de fumisterie l'appartement de son héros Frédéric Berger avant d'évoquer, cette fois-ci de façon poignante, des pans sombres et ignorés de la vie de notre héros.

Si elle devait mettre en vente l'appartement de Frédéric Berger, sis à un jet de pierre du périphérique, Porte d'Asnières, voilà l'annonce qu'une agence immobilière telle que B&C pourrait publier :

RARE. A deux pas de Paris, duplex spacieux et bien distribué de 72 m² présentant de jolis volumes et jouissant d'une belle luminosité avec ses grandes baies vitrées et une exposition plein Sud. L'appartement est composé d'un séjour, une cuisine indépendante avec une ouverture sur le salon (possibilité cuisine américaine) et un w-c indépendant. A l'étage, une chambre avec dressing et une salle de bain.

L'aménagement intérieur de l'appartement en question n'en demeurait pas moins sommaire et le confort spartiate. L'absence totale d'éléments décoratifs (si l'on excepte les deux petits cadres en bois protégeant les portraits sous verre de l'ingénieur du Roi de France et d'André Berger) témoignait en effet d'une certaine austérité, quoique d'aucuns pussent plus positivement en apprécier la sobriété.

Depuis qu'il s'était astreint à l'analyse passionnée de l'Histoire du caoutchouc, Frédéric avait en quelque sorte mis son logement à nu en le débarrassant des tableaux, vases, bibelots en tout genre et autres romans qui le détournaient de son objet d'étude. Il était convaincu que son travail ne pourrait raisonnablement se déployer qu'au milieu d'un décor dépouillé, et pour tout dire ascétique. Il pressentait que seul un effort acharné, long et régulier lui permettrait d'arriver au bout de son ouvrage et c'est la raison pour laquelle il ne voulait cohabiter avec personne d'autre que l'esprit de François Fresneau de la Gataudière et son fidèle compagnon, le bon vieux chat Nelson. Il n'y avait donc dans cet appartement en duplex, construit au début des années 80, que le mobilier nécessaire : une table entourée de deux chaises rustiques dont l'assise en paille avait souffert sous les griffes de Nelson, un canapé vert à motifs floraux que Nelson avait en partie martyrisé, un vieux fauteuil en skaï grenat récupéré au coin de la rue

Labat un soir d'été – et dont Nelson avait déchiré le bras droit -, une dizaine d'ouvrages reliés consacrés au latex et aux civilisations précolombiennes posés sur un bureau en mélaminé, et c'est à peu près tout.

Cet appartement, Frédéric aurait pu tout à fait le vendre puisqu'il lui appartenait. Sa mère le lui avait cédé vingt ans plus tôt lorsqu'elle avait quitté la région parisienne pour refaire sa vie à Saint-Raphaël dans le Var avec le Dr Jacques Mareuil, un médecin de cinq ans son cadet, celui-là même qui avait découvert le corps inanimé d'André Berger devant sa télé. Un joli cadeau contre une promesse d'oubli, apparemment.

Frédéric entretenait depuis longtemps des liens très distendus avec sa mère. Ils se téléphonaient occasionnellement pour les vœux de bonne année ou pour de banales tracasseries administratives, mais cela n'allait pas plus loin. C'étaient toujours des contacts très brefs, sans chaleur, où l'ennui finissait par l'emporter sur la gêne. Dans le fond, ils ne partageaient plus rien, pas même le patronyme, puisque Josiane, comme Frédéric avait coutume de l'appeler, était aujourd'hui publiquement connue sous le nom de Madame Mareuil. Jamais il n'était descendu dans le Sud pour lui rendre visite mais jamais non plus elle ne le lui avait proposé. Il ignorait tout de sa nouvelle vie. Il avait fini par comprendre en filigrane au cours de leurs échanges sporadiques que le couple devait habiter une Villa cossue avec piscine s'il en jugeait par le montant exorbitant de la taxe foncière dont lui parlait systématiquement sa mère et les ploufs qu'il percevait sporadiquement au téléphone, suivis des blatèrements satisfaits du médecin généraliste.

Josiane avait épousé en catimini le grand Jacques à la fin du siècle dernier au cours d'une cérémonie à laquelle Frédéric n'avait pas assisté. Du reste, il n'y avait pas été convié. Et comme il était fils unique et sans réelle famille du côté maternel, il ne lui arrivait jamais, même fortuitement, de recevoir de nouvelles de sa lointaine génitrice. Côté paternel, on ne voulait plus entendre parler de cette femme. On ne la nommait jamais ou alors, on disait « l'Autre ». Comme si elle n'avait été qu'une silhouette étrangère et hostile. Une mauvaise rencontre.

Nous ne nous étendrons pas davantage sur le sujet, mais il ne vous aura pas échappé, lecteurs sagaces, que dans cette affaire, le véritable gagnant de la Loterie Nationale a pour nom : Jacques Mareuil.

Celui qui n'était alors qu'un jeune médecin de garde, frais émoulu de la faculté de médecine de Besançon, ne devait jamais regretter d'avoir été appelé ce samedi soir de juillet 1985, pour une intervention du côté de la Porte d'Asnières. Une fois sur place, après avoir aussitôt pris le pouls du patient, il n'avait pu faire que cet implacable constat : *crise cardiaque foudroyante, mort sur le coup, rien à faire. Condoléances.*

Il n'avait pas eu à sortir le matériel médical de sa sacoche en cuir. Elle était restée posée (de façon un peu cavalière, d'ailleurs) sur les genoux raides d'André Berger, 55 ans. Le défunt. Son travail n'avait, semble-t-il, consisté qu'à constater la mort et envisager l'avenir. Il y avait là, en effet, deux éléments qui allaient radicalement changer son existence : un billet gagnant entre les doigts transis du trépassé et les deux beaux yeux clairs et éplorés d'une épouse inconsolable qui finirait pourtant bien par être consolée. C'est à peine s'il eut un regard pour le marmot insignifiant, blême et mutique, assis sur un tabouret dans un coin du salon, qui jetait des regards idiots sur tout ce qui l'entourait. Il avait juste pu constater que l'enfant avait le front bas et le visage un peu joufflu du père, André Berger. Le mort.

Du plus loin qu'il se souvienne, Frédéric n'avait jamais reçu la moindre marque réelle de tendresse et d'affection de la part de sa mère. Il se satisfaisait tout juste des conseils anodins qu'elle lui prodiguait parfois et en exagérait l'importance. « *Mets un manteau, tu vas prendre froid !*», « *Couvre-toi bien* », « *Fais attention en traversant* » etc. Toutes ces petites prières que les mères adressent à leurs enfants pour les protéger, lui aussi les entendait et il se figurait alors que sa maman l'aimait puisqu'elle aussi prenait soin de lui. Mais Josiane ne faisait que répondre aux convenances. Elle n'allait pas lui dire de se jeter sous les roues d'une voiture ni d'attraper une bronchite. D'ailleurs, ce qu'elle redoutait par-dessous tout, c'est que son rejeton tombât malade puisqu'il lui serait « resté dans les pattes », comme elle disait, et aurait dérangé ses journées, calmes et solitaires.

Après la mort du père, la situation empira. Josiane ne supportait plus ce gamin casanier qui passait son temps à vaguer autour d'elle et lui offrait sans cesse d'horribles dessins parsemés de petits cœurs et de déclarations d'amour dont elle n'avait que faire et qu'elle mettait aussitôt au rebut. Il lui fallait toujours justifier la présence continue du Dr Mareuil et rassurer le petit qui s'inquiétait pour sa mère. *Oui, maman allait bien mais le docteur préférait l'examiner pour ne pas prendre de risques. Oui, la consultation avait lieu dans la chambre, porte close, comme au cabinet. Non, il ne pouvait pas entrer, mais il pouvait aller jouer tout seul au parc, maman lui faisait entièrement confiance, c'était un grand maintenant, maman était très fière de lui...Oui, maman était très déçue, et le docteur aussi, ils pensaient vraiment que Frédéric était un grand garçon, mais en réalité, c'était un petit bébé puisqu'il avait peur d'aller tout seul au parc sans sa maman...*

La comédie ne dura pas longtemps. Josiane Berger se lassa très vite de toutes ces précautions inutiles. Puisque Frédéric s'accrochait toujours à ses basques, qu'il refusait de se mêler aux autres gamins du quartier, c'est elle qui sortirait, le laissant seul devant la télévision, ses jeux de construction et un goûter tout prêt. Elle s'échappa uniquement le week-end au début puis ses visites devinrent de plus en plus régulières, au point qu'il arrivait à Frédéric de passer la soirée en semaine dans son lit, sans personne pour le veiller. Le docteur ne remit plus jamais les pieds, Porte d'Asnières et Josiane Berger cessa de justifier ses consultations qui devinrent assez vite des rendez-vous. D'ailleurs, elle ne se rendait plus chez le docteur Mareuil, mais chez Jacques. Point.

Il la voyait souvent se pomponner devant le miroir de la salle de bain et la regardait, tout ébaubi et décontenancé. Il lui semblait en effet, à la façon très coquette dont elle était attifée et aux poses gracieuses qu'elle adoptait, que c'était une autre femme que celle qu'il avait toujours côtoyée, presque une inconnue. Il se demandait si son père, André Berger, avait reçu les mêmes attentions aux premiers temps de leurs amours, si elle prenait autant de soin à redessiner son regard au crayon, à marquer la courbe de ses sourcils, à ajuster sa coiffure...

C'est à cette époque que Frédéric se mit à l'appeler Josiane. Il avait un peu plus de dix ans. Et plus vraiment de maman.

Le monde avait bien changé depuis la mort du paternel. Les éclats de rire à table, les incursions pourtant interdites à l'usine Citroën de Levallois où travaillait son père, les longs après-midis d'été dans le canapé vert devant les étapes du Tour de France, les escapades à Genêts dans la baie du Mont-Saint-Michel chez les cousins Berger, tout cela avait disparu ce fameux soir de juillet où l'écran afficha les numéros gagnants du loto. Surtout, il n'y aurait plus jamais de discussions passionnées autour du fameux Pneu X, à carcasse radiale, que son père manipulait à l'usine Citroën de Levallois. Car c'est bien de là, de ces pneus Michelin qu'André Berger montait quotidiennement sur des essieux, que lui venait cette passion pour le caoutchouc. C'est lui, le père, qui prononça la première fois le nom de François Fresneau de la Gataudière, qui lui raconta l'histoire de ce sang blanc qui coule dans le cœur de l'arbre à caoutchouc, l'Hévéa du Brésil, des Olmèques qui trois-mille ans avant nous s'en servaient pour imperméabiliser les toiles et se prémunir contre les intempéries, c'est lui qui lui expliqua la technique ancestrale de la saignée, le phénomène de la coagulation, la vulcanisation…

Le latex, c'était lui.

Le père.

***

10

Au cours duquel Frédéric lâche d'émouvantes confidences sur le régime alimentaire draconien de Nelson avant de rassurer Marie sur ses intentions pour la nuit, suivi du coup de fil inopiné du grossier Le Floch qui, entre deux allusions égrillardes, lui apprend son passage en télétravail.

En fouillant dans les placards de la cuisine, Marie trouva un paquet de coquillettes, une conserve de tomates pelées et une bouteille d'huile d'olive vierge extra presque vide. De l'ail plus trop frais traînait dans un vieux panier en osier au-dessus du frigo. Des germes verts dépassaient de la gousse. Marie fit la moue, inspecta la tête, la pressa légèrement entre ses doigts pour juger de sa fermeté et décida de s'en passer.

« Fred, tu as du parmesan ? »

Frédéric ne l'entendait pas. Il était occupé à l'étage à chercher de vieilles couvertures qui serviraient à Marie de matelas de fortune. Nelson, lui, se frottait aux jambes de l'inconnue et tentait par tous les moyens félins de l'amadouer : dès qu'elle ouvrait la porte du frigo, il poussait un miaulement fluet accompagné d'un regard rond, triste et pitoyable. Marie saisit aussitôt ses intentions et, n'apercevant pas le maître, elle versa discrètement un peu de pâté dans sa gamelle. Nelson approuva d'un battement de queue et se jeta sur la nourriture.

« Non, Marie… ! Il a déjà mangé.
- Oups !
- Vous n'auriez pas dû…
- Tutoie-moi, Fred.
- …il sort d'un régime assez strict et je ne voudrais pas avoir à le priver à nouveau. Un repas le matin, un autre le soir, et c'est tout. Vous comprenez ?
- Dis-moi « tu ».
- …durant deux mois, j'ai dû rééquilibrer ses repas et vous pouvez me croire, Marie, ça n'a pas été une mince affaire.
- *Tu* peux me croire.
- …il m'en voulait beaucoup de rationner son pâté. Vous auriez-vu comme il me faisait la tête… ! C'était un vrai crève-cœur, mais je n'avais pas le choix, il devenait obèse…
- Fred…
- …enfin bon, cette période est derrière nous…
- Embrasse-moi.
- …mais ça a été une épreuve vraiment douloureuse pour Nelson comme pour moi, je n'ai pas envie de la revivre. »

Frédéric se souvint tout à coup d'une vieille couette en plume d'oie et d'un sac de couchage Quechua qui devaient être rangés quelque part dans le petit cagibi, au rez-de-chaussée. Avant de bondir hors de la cuisine et de planter là la pauvre Marie, il lui sembla que celle-ci avait fait un pas dans sa direction et qu'elle s'apprêtait à parler, mais il ne lui en laissa pas l'opportunité, tant il était soucieux de préparer sa couche pour la nuit.

Lorsqu'il revint dix minutes plus tard, Marie était assise en tailleur dans le canapé et consultait son téléphone en se mâchouillant les lèvres. Sa chevelure blonde, qui retombait sur ses épaules, escamotait en partie son visage, mais il aperçut à nouveau ces maudites rougeurs qui lui empourpraient les joues. Dieu que cette jeune femme était touchante ! Plutôt que de se plaindre, elle préférait souffrir en silence et dissimuler ses petits malheurs sous un voile pudique. Nelson s'était allongé tout près d'elle et ronronnait sous les caresses qu'elle lui accordait dans un geste aveugle et machinal. Frédéric posa la couette et le duvet par terre, près du fauteuil en skaï, et alla dans la cuisine. Marie avait mis les coquillettes chaudes dans un égouttoir à salade et avait renversé une assiette creuse par-dessus en guise de couvercle.

« Merci pour les pâtes, Marie !
- De rien.
- Je vais ajouter des sardines que je vais émietter, si ça vous va...

- Parfait.
- Je n'ai pas de vin, je suis désolé.
- Pas grave. »

Marie semblait contrariée. Frédéric le devinait à ses réponses sèches et laconiques qui ne lui ressemblaient guère. Il songea alors qu'elle pouvait être anxieuse à l'idée de passer la nuit chez un homme qu'elle connaissait à peine et il lui sembla approprié de la rassurer au plus vite. Il retint son souffle et s'installa face à elle dans le fauteuil grenat. Marie pianotait toujours sur son téléphone. Nelson leva la tête vers son maître et le regarda avec la morgue aristocratique d'un petit marquis qui s'apprêterait à écouter les doléances de son valet.

« Vous savez, Marie…
- Tu sais…Dis-moi *tu*, Fred »

Elle posa son téléphone sur la table basse et comprit à son attitude roide que Frédéric se préparait à lui confier quelque chose d'important. Elle se calqua sur lui et perdit un peu de sa nonchalance en se redressant. Nelson l'imita à son tour. Il se mit debout, se voussa en raidissant ses quatre pattes puis s'installa sur son séant, face à son maître. Marie esquissa un léger sourire en coin que Frédéric interpréta comme une permission de continuer :

- Tu sais Marie, je ne veux pas que tu te sentes… comment dire… coincée…
- Ce n'est pas exactement mon genre...

- Ce que je veux dire, c'est que le couvre-feu nous oblige à...disons...cohabiter...
- Pour la nuit.
- Oui, mais sache que je ne profiterai pas de mon statut privilégié de Chef du service recouvrement...
- Pour faire quoi ?
- Eh bien, pour toutes ces choses que...ce que j'appellerais une promiscuité périlleuse, voire pernicieuse, mais également le cocon de la nuit..., car l'obscurité et le silence enveloppent nos corps...
- Continue...
- Je ne parle pas forcément de corps dévêtus bien sûr mais d'enveloppe charnelle...Comment dire ? ...Voilà, nous sommes tous vulnérables ! ...Enfin, pas tout le monde non plus, ce n'est pas une fatalité, on a le droit de se maîtriser... D'ailleurs, c'est là où je voulais en venir...Tu me suis ?
- Je t'écoute.
- Ce que je veux dire, c'est que les trois mois de retard n'ont aucune incidence dans la relation que nous entretenons... Je parle évidemment de relation humaine, pas de relation comme certains pourraient... disons...
- Du sexe !
- Voilà, je cherchais le mot ! Je ne vais pas abuser de vous, Marie... enfin de toi !
- Comme tu voudras. »

Frédéric se sentit soulagé mais surtout fier de son attitude pour le moins élégante. Le rouge au front, il baissa les yeux devant Marie de crainte d'ajouter à son trouble. Sans doute était-elle bouleversée par la courtoisie et le raffinement de cet homme qui se refusait à la moindre bassesse. Il se leva de son fauteuil et lorgna du côté des deux portraits sous verre de François Fresneau de la Gataudière et d'André Berger, comme s'il recherchait à travers leurs regards et le silence qui coulait au milieu d'eux, une forme d'approbation tacite.

Alors qu'il s'apprêtait à mettre la table, le téléphone sonna. C'était l'horripilant Le Floch. Nelson le pressentit sûrement qui, hors de lui, fonça droit sur le fauteuil en skaï pour passer ses nerfs dessus en faisant ses griffes.

« Berger, c'est Jean-Michel. Au fait, j'ai…
- Mais t'es malade ou quoi !
- Qu'est-ce qui te prend, Berger ?
- Pardon, Jean-Michel, je parlais à mon chat…
- Ah, d'accord !…J'ai oublié de te dire un truc.
- Je t'écoute…
- Pas la peine de venir demain au boulot.
- Quoi ! Je suis viré ?
- A ton avis…
- Je m'en veux, Jean-Michel, je sais que j'ai déconné, mais cette réunion m'est totalement sortie de la tête…

- T'es vraiment con, Berger, y a pas à dire, c'est toi le plus con ! Mais non, tu restes chez toi, imbécile, et moi aussi. On se met au télétravail ! T'as pas regardé les infos ?

- Je n'ai pas la télé Jean-Michel.

- Ah oui, c'est vrai, Berger, l'homme des cavernes…Au fait, comment ça s'est passé avec la petite Buthel… ?

- Arrête ça tout de suite ou je vais me fâcher !

- Tu causes à qui, là ?

- Au chat, il abîme le fauteuil…Excuse-moi.

- Je préfère…Marie Buthel, alors ?

- Bien…Enfin, rien de spécial…Le dossier avance…Pour les mensualités de…

- J' m'en fous des mensualités !, j' te parle pas de ça…Allez, Berger, raconte…Joli petit lot, hein !

- Je t'entends mal, Jean-Michel.

- Bien foutue la môme, non… !

- Il y a un peu de friture sur la ligne…

- Ah, mon salaud, tu caches bien ton jeu, tout de même… ! »

Et il raccrocha.

Frédéric était blessé par l'allusion salace que l'incorrigible Le Floch avait osé formuler. Blessé et gêné, car Marie Buthel était à deux mètres seulement de lui, et il frémit à l'idée qu'elle eût pu accidentellement percevoir quelques bribes de la conversation. Il prit un air dégagé et annonça à son hôte d'un ton presque trop enjoué que l'heure était venue de passer à table. Marie s'exécuta, mais il la morigéna gentiment :

« On se lave toujours les mains avant ! »

Le repas fut englouti en moins d'un quart d'heure. Très peu de mots furent échangés. Marie mangeait ses coquillettes en scrutant l'appartement de Frédéric. Du bout de sa fourchette, elle avait trié les miettes de sardine qu'elle avait repoussées sur les bords de son assiette. Son regard se posa soudain sur le portrait de François Fresneau de la Gataudière.

- Un de vos ancêtres ?
- A droite avec le col roulé, c'est mon père.
- Non, le type là, avec la perruque… !
- Lui, c'est un peu mon maître à penser : François Fresneau, Ingénieur du Roi de France Louis XV et Chevalier de l'Ordre Militaire de Saint-Louis.
- C'était quoi sa spécialité ?
- Le caoutchouc.

***

11

Où Frédéric révèle, avec un enthousiasme communicatif, sa passion dévorante pour l'histoire du latex

Il s'était assis à sa table de travail et avait rassemblé devant lui tous les documents, cartes, essais, témoignages qu'il avait accumulés depuis des années et qu'il connaissait sur le bout des doigts. Marie se tenait debout derrière lui, à distance respectable, et l'écoutait commenter avec un enthousiasme stupéfiant ce qu'il appelait *l'aventure du latex*.

Bouché bée, se balançant souvent d'une jambe sur l'autre pour se dégourdir, la main posée sur le dossier de la chaise, elle restait là à contempler cet amoncellement insolite de vieux papiers imprimés, tandis que Frédéric s'escrimait depuis plus de deux heures à tout lui expliquer, dans les moindres détails, dressant l'inventaire exhaustif des grands hommes qui avaient compté, une kyrielle de noms français, portugais ou espagnols dont elle n'avait jamais entendu parler, d'illustres inconnus qui, dans la bouche de Frédéric, devenaient des sommités de la science universelle, des géographes, botanistes, cartographes, chimistes, etc., dont elle eut soudainement honte d'ignorer l'existence.

« Et voici un ouvrage très précieux : le fac-similé d'une note de La Condamine dans ses *Mémoires de l'Académie des Sciences* en 1751. Cette note est intitulée : *Mémoire sur une résine élastique nouvellement découverte à Cayenne par M. Fresneau.* Vous savez pourquoi elle est importante ?

- Non.

- Car elle apporte la preuve irréfutable que le véritable découvreur de l'arbre à caoutchouc est bien François Fresneau de la Gataudière. C'est lui qui quelques années plus tôt a découvert l'*Hevea Brasiliensis*, c'est lui qui en a étudié les propriétés, qui a instruit La Condamine sur la manière dont les Indiens en recueillaient la substance laiteuse en pratiquant une forme de saignée dans l'écorce.

- Ah !

- ... Ensuite, cette substance, qu'on appelle latex, durcit par coagulation et noircit à l'air. Avec le latex, les Indiens rendaient les toiles totalement imperméables, ils façonnaient des objets comme des casques ou des bouteilles. Surprenant, non ?

- Sans doute...

- ...Toutes les diverses observations de François Fresneau sur le caoutchouc, sur le latex et sur les arbres de la Guyane qui produisent des coagulums sont reproduites dans ces *Mémoires*.

- Je vais fumer une clope à la fenêtre…

- …malheureusement, le long rapport de mission expédié par le Sieur de la Ruchauderie a disparu. Il ne reste que ce résumé de La Condamine. C'est fort dommage, n'est-ce pas ?

- …

- …mais j'ai une profonde estime pour La Condamine. Il faut savoir qu'il n'a jamais cherché à s'approprier cette recherche, bien que ce soit lui qui ait popularisé le nom de caoutchouc. Il a rendu à François Fresneau ce qui était à François Fresneau.

- Un café, Fred ?

- …vous savez que les Olmèques utilisaient déjà le caoutchouc mille ans avant notre ère, c'est fou, non !

- Oh, et puis non, ça va m'empêcher de dormir.

- …dans ce qui est aujourd'hui le Mexique, les Indiens jouaient même à un jeu qu'ils nommaient *tlachli*. Il y avait deux équipes qui se lançaient une balle de caoutchouc. La balle ne devait pas toucher terre, car elle représentait le soleil, alors que le sol correspondait en quelque sorte à la nuit. Vous me suivez ?

- T'as un cendrier ?

- … mais les joueurs n'avaient droit d'utiliser ni leurs mains ni leurs pieds et il fallait qu'ils maintiennent au maximum cette balle en l'air…

- Fred…

-...car la balle qui rebondissait par terre correspondait à la lente destruction du monde. Ils devaient aussi passer la balle dans deux anneaux installés à six mètres de hauteur...
- Fred !
- Oui.
- Est-ce que tu aurais du thé ou une infusion ? »

Marie s'était affalée dans le canapé vert pendant que Frédéric préparait deux infusions de gingembre dans la cuisine. La tête renversée et la bouche ouverte, elle s'abîma dans la contemplation du plafond blanc. Frédéric, de son côté, versait de l'eau chaude dans les mugs tout en poursuivant à voix haute son passionnant exposé sur les origines du latex.

« Vous savez que je suis moi-même en train d'écrire une *Histoire Incroyable du Caoutchouc*. Je m'intéresse surtout à sa découverte au Dix-Huitième siècle, mais aussi à l'utilisation qu'en faisaient les Olmèques, les Aztèques ou les Mayas. Mais je ne peux passer sous silence toutes les répercussions que cette découverte a eues sur le monde industriel, en particulier dans l'industrie automobile. J'espère en venir à bout d'ici quelques années. Pour l'instant, le projet avance bien, mais c'est un travail extrêmement minutieux. »

Il posa les deux infusions sur la table basse et disparut aussitôt dans un recoin du salon. Marie le vit ouvrir la porte grinçante d'une vieille bonnetière en merisier. Il farfouilla dedans et la referma à clé. Lorsqu'il s'approcha d'elle, il tenait à la main un sachet de préservatif :

« Voilà où nous en sommes, Marie… ! »

Elle le regarda stupéfaite et se redressa en tirant un peu sur sa jupe. Il la fixait avec une lueur fatale dans les yeux. Elle sentait chez lui une excitation aisément perceptible qu'il peinait à contenir. Lentement, sans la quitter un seul instant des yeux, il ouvrit le sachet et en sortit la capote.

« Qu'est-ce que vous en dîtes, Marie ?

- Je ne sais pas… A vrai dire, je suis un peu surprise, je ne m'y attendais pas… Mais tutoie-moi, s'il te plaît.

- Je savais que tu serais intéressée…

- Je le suis.

- On l'essaie tout de suite ?

- Oh oui ! »

Frédéric se pencha près de la table basse et, avec une infinie précaution, versa un peu d'infusion chaude de gingembre à l'intérieur du préservatif. Une fois remplie, il la souleva du bout des doigts et la porta à quelques centimètres seulement du regard de Marie qui en resta interloquée.

« Du latex naturel ! Totalement imperméable ! Et regardez-moi cette finesse…Sans le Sieur de la Ruchauderie, cette invention extraordinaire n'aurait jamais vu le jour ! Vous ne vous attendiez pas à cela, pas vrai ?

- En effet…

- Évidemment, ici le latex est enduit d'un lubrifiant pour améliorer son pouvoir glissant, mais cela reste essentiellement du latex.

- Je ne sais pas quoi dire, Fred …

- Ne dites rien, je comprends. Dès qu'on commence à s'intéresser à la sève d'hévéa, on considère d'un regard neuf toutes ces petites choses en caoutchouc qu'on utilise au quotidien.

- Au quotidien !

- Oui, enfin ça dépend…

- Forcément.

- Vous saviez que chaque saignée dans l'écorce de l'arbre libérait environ sept litres de latex !

- Un beau paquet de capotes et de parties de jambes en l'air, tout ça… !

- Sans doute… »

Frédéric se mit alors à frissonner. Il posa le préservatif au gingembre dans une soucoupe Arcopal et se retourna pour voir d'où venait le froid. Lorsqu'il s'aperçut que la fenêtre était grande ouverte, il se leva d'un bond.

« C'est toi, Marie, qui as ouvert ?

- Oui, tout à l'heure, pour fumer une clope. Un problème ?

- Je la laisse toujours fermée le soir…

- Pourquoi ? Il fait bon dehors… !

- Pour Nelson.
- Merde, le chat…
- Nelson a toujours un quart d'heure de folie en fin de journée…
- Merde…
- Où est Nelson… ?
- Oh, merde… !

***

La vulcanisation

12

Durant lequel Frédéric et Marie bravent le couvre-feu pour se jeter à la poursuite de l'intrépide Nelson, perdu au milieu de la végétation luxuriante du jardin municipal.

Minuit.

Un esprit bien français, volontiers railleur et adepte des bons mots, aurait pu dire qu'il n'y avait *pas un chat* dans les rues, tant celles-ci semblaient vides et plongées dans un silence tenace, mais c'eût été faire fi des tourments qui travaillaient en cet instant le cœur du pauvre Frédéric.

Nelson avait disparu et avec lui, cette légèreté douce et heureuse qui avait porté notre héros durant toute la soirée.

La résidence où vivait Frédéric formait un large quadrilatère d'immeubles bas qui renfermait un parc aménagé avec peu de goût mais infiniment de soin. Le parterre dessinait tout un tas de figures vaguement géométriques aux lignes de béton qui recevaient au milieu d'une pelouse clairsemée une variété d'arbres en fleurs et de buissons touffus. Cerisiers du Japon, érables rouges et marronniers se mêlaient ainsi avec bonheur aux pins résineux tandis que, couchés à leurs pieds, myosotis, hibiscus et rhododendrons bordaient un dédale d'allées serpentines. C'était une sorte jardin à la française à disposition de la classe-moyenne. La végétation avait poussé comme par miracle au cours de ces dernières semaines, les températures récentes, pour le moins clémentes, en ayant accéléré la floraison.

Frédéric et Marie, le dos arrondi et le regard en maraude, avaient glissé leurs ombres au milieu de ce décor étonnant, entre béton et buissons. Ils avaient décidé de se séparer et d'arpenter seuls ces allées vaguement éclairées par de petits lampadaires disséminés un peu partout dans le jardin et que des corolles de lumière blanche encerclaient à la base.

Frédéric oublia Nelson un bref instant et observa Marie qui promenait un peu plus loin sa fine silhouette dans les allées sinueuses du parc.

Et soudain son cœur se serra.

Il lui sembla tout à coup évident que le pâle éclat de cette chevelure blonde qui flottait dans cette nuit calme et sans lune était pour lui comme un phare, que Marie venait de s'immiscer dans son existence et qu'elle n'en sortirait plus jamais, que la femme si fragile et candide qu'il contemplait maintenant était un ange dont la beauté sans égal resplendissait plus que jamais.

Qu'elle était belle sous l'éclairage municipal !
Il aimait cette femme. Oui, il l'aimait.

Cela faisait bientôt cinq heures que le couvre-feu avait aspiré tous les honnêtes citoyens au fond de leurs pénates et Frédéric craignait de tomber nez-à-nez avec les forces de l'ordre. Dans sa hâte, il avait oublié de se munir de l'indispensable attestation de sortie, mais quand bien même l'eût-il fait, il n'aurait su la renseigner correctement. Quelle raison aurait-il bien pu invoquer ? Déplacement pour motif familial impérieux ? Assistance à créature vulnérable ?...Tout cela n'était pas sérieux. Il contrevenait à la loi et cela lui fendait l'âme, mais il n'avait pas le choix : il fallait retrouver Nelson coûte que coûte !

Par précaution, il s'était risqué à reproduire une forme de miaulement, mais Frédéric ne s'était jamais distingué par un don particulier pour les imitations animalières, si bien que la tonalité rauque et profonde de sa voix rappela instantanément et sans qu'il s'en rendît compte, la complainte morne et lubrique des chats en rut qui errent la nuit à la recherche d'une femelle consentante.

- Miaoûûû... »

Aussitôt, dans les immeubles alentour, il entendit le cri d'amour de quelques prétendantes en chaleur qui, en écho, entonnèrent leur mélopée élégiaque en rejouant la scène du balcon. Les aboiements secs et hargneux de quelques roquets suivis d'une volée de noms d'oiseaux que des propriétaires, dérangés dans leur sommeil, laissèrent échapper, calmèrent les ardeurs imitatives de l'infortuné Frédéric qui se tint coi, tapi dans l'ombre inquiète, attendant que le quartier s'endormît de nouveau.

Son cœur s'emballa lorsqu'il perçut la voix de Marie, postée à l'autre extrémité du parc.

« Neeeelssooon…Neeeelssooon… ! »

Elle était en train de héler l'insaisissable Nelson, manquant ainsi à la discrétion la plus élémentaire…

Craignant que l'inconséquence de sa conduite n'alertât la police, il se mit d'instinct à miauler dans sa direction, tout en cherchant à moduler sa voix de telle sorte que celle-ci fût empreinte d'une pointe de reproche ou d'avertissement.

- Miaoûû !!!

… mais sans doute le port du masque étouffait-il toute forme d'émotion, car Marie ne semblait pas déceler la présence clandestine de Frédéric dans ce miaulement singulier et continuait de plus belle :

« Neeelsooon…
- Miaoûûû… !!!
- Nelson !
- Chuuuut, bon sang !… Miaoûûû… !
- Nelson… ? »

Alors qu'il s'approchait d'elle, attiré par sa voix de sirène, et s'acharnait en vain à lui répondre,

Frédéric entendit là-haut, dans la nuit tranquille, un remuement confus. Un aboiement léger déchira alors le silence, puis chiens et chats, entre cris de rage et d'extase, réveillèrent à nouveau le quartier et allumèrent une à une les fenêtres des immeubles.

Frédéric se jeta ventre à terre et décida de ramper jusqu'à Marie dont il apercevait le noir caoutchouteux et moiré de la jupe fendue qui triomphait sur celui, pâle, de la nuit.

« Qui c'est ?
- Miaoû…
- Fred !…Qu'est-ce que tu fous par terre ?
- Taisez-vous donc…
- C'est toi qui miaulais tout à l'heure ?
- Oui, mais chut, on va se faire repérer ! »

Marie, dans sa confondante naïveté, n'avait pas saisi l'extrême menace qui pesait sur eux. Ils étaient seuls, dehors, à découvert, bravant la loi du couvre-feu, dépouillés de toute autorisation dérogatoire qui aurait pu justifier en cet instant leur présence vagabonde. Comme deux hors-la-loi en cavale.

Frédéric s'était relevé d'un bond et, tout en se rencognant dans un coin de pénombre, sous un dais épais de feuillage, il avait attiré Marie contre lui, oubliant l'espace d'une seconde les fameux gestes barrières. Le cœur haletant, Marie avait aussitôt jeté le collier de ses bras graciles autour de sa taille et ses doigts s'étaient joints solidement à l'arrière comme un fermoir. La pauvre enfant avait peur et cherchait à se blottir contre lui. Il sentait son cœur cogner follement au fond de poitrine, il percevait sur sa gorge les oscillations vives de son souffle saccadé. D'un geste machinal, elle ôta son masque, sans doute pour mieux respirer.

« Oh, Fred !
- N'aie pas peur Marie, je suis là…
- Enfin, tu me tutoies ! Serre-moi fort ! »

Sa fragilité lui serra le cœur ! Elle avait fermé les yeux en s'approchant de lui, comme pour quitter ce monde qu'elle ne voulait plus voir et s'enfoncer dans la nuit noire de l'oubli. Calmement, il se dégrafa de son étreinte et la repoussa avec douceur, tout au bout de ses bras tendus.

« Dis, Marie…
- Oui.
- Tu voudrais bien…
- Oui… ?
- …remettre ton masque ! ».

***

13

Où Frédéric et Marie enfourchent la Vespa, direction Paris, et sont pris en chasse par un véhicule de police qui finit sa course dans la vitrine d'un magasin.

- Il faut se faire une raison, Nelson n'est pas dans ce jardin! »

Les mots de Frédéric étaient tombés de sa bouche comme un couperet fatal, fendant le silence recueilli qui les enveloppait depuis quelques secondes. Sa voix, aux inflexions graves et solennelles, masquait toute forme d'émotion. Frédéric était digne dans le désespoir. Digne mais résigné.

- Eh bien, s'il n'est pas dans la résidence, il est tout de même quelque-part. Cherchons-le !
- Et le couvre-feu, Marie !
- Nelson mérite bien une petite amende, tu ne crois pas…
- Si, si, bien sûr. »

Tous deux franchirent le large portail en fer et se retrouvèrent dans la rue Victor-Hugo. C'était une longue artère qui filait droit. A gauche, elle se dirigeait vers le pont d'Asnières, à droite vers le périphérique. Ils aperçurent au loin une voiture qui arrivait pleins phares dans leur direction. Ils reculèrent et s'accroupirent derrière la Vespa rose de Marie. Au moment où le véhicule passa à leur hauteur, Frédéric escamota son visage sous ses mains puis il entrouvrit un œil et, à travers la meurtrière de ses doigts disjoints, il s'aperçut que ce n'était pas une voiture de police, mais une banale Twingo (sans doute une infirmière), à moins bien sûr que celle-ci ne fût banalisée (la Twingo).

Il se redressa et aida Marie à faire de même, mais il entendit un craquement qui le fit sursauter.

« Rien de cassé?
- Non, ça va.
- C'était quoi ce bruit ?
- Ma jupe…La voilà fendue jusqu'à la hanche !»

Elle jeta la jambe sur le côté, se tourna vers Frédéric et offrit à son regard médusé le galbe à la fois menu mais puissant de sa cuisse droite. La pâleur provocante de sa longue jambe tranchait avec le noir du latex. Le hasard s'était mué en couturier et Marie feignait d'observer ce nouveau modèle avec une pointe d'amusement.

« Qu'en penses-tu ? »

Il comprit d'instinct où elle voulait en venir et fut saisi par le charme de ces deux petits yeux rieurs qui abritaient tant de craintes inavouées. Il se montra rassurant.

« Ce n'est rien, Marie... Les coutures ont cédé mais le latex ne se déchire pas aussi facilement. Ce sera très facile à reprendre. »

Marie se redressa aussitôt et sa cuisse disparut en partie sous l'enveloppe caoutchouteuse qui tombait droit. Elle avait rabattu son masque sous le menton et s'apprêtait à allumer une cigarette, mais Frédéric l'en empêcha.

« Vite, Marie ! Filons à droite !
- Vers Paris ?
- Oui.
- Tu en es sûr ?
- Disons que j'ai un pressentiment...
- Lequel ?
- Je crois savoir où se trouve Nelson.
- Où ?
- Rue de La Condamine, aux Batignolles.
- Comment le sais-tu ?
- C'est à dix minutes d'ici à vol d'oiseau.
- D'accord mais pourquoi cette rue ?
- Pour La Condamine, rappelle-toi. Aussi surprenant que cela puisse paraître, il n'y a pas de rue François Fresneau de la Gataudière à Paris. Or, Nelson n'a d'estime que pour deux personnages : le vénérable Sieur de la Ruchauderie évidemment, et dans une moindre mesure, Charles-Marie de La Condamine dont il reconnaît la loyauté !
- Mais, enfin, un chat...»

Marie était restée bouche bée, subjuguée par la clairvoyance aiguë de Frédéric. Elle s'était tue et avait laissé sa phrase inachevée, préférant aux mots un silence admiratif. Rasséréné par l'effet qu'il venait de produire, Frédéric céda alors à une impulsion du cœur et, malgré l'interdiction gouvernementale, il lui attrapa la main. Par ce geste simple et fort, il scellait définitivement leur union et indiquait à la pauvre Marie, entraînée malgré elle dans cette folle et périlleuse aventure, que leurs destins étaient désormais liés et qu'ils ne pouvaient plus faire marche arrière. La nuit calme et mystérieuse s'offrait à eux avec son cortège de dangers et d'excitation. Paris les attendait un peu plus loin, au-delà du périph', en dépit de l'interdiction de déplacement.
    - Viens, Fred, on prend la Vespa !
    - Je vais chercher le casque à pointe…
    - On n'a pas le temps. Monte à l'arrière ! »

Il eut à peine le temps de réagir qu'elle avait déjà grimpé sur son scooter et avait démarré le moteur. Sans réfléchir, il se posta derrière elle et s'agrippa à ses flancs. Ils s'engagèrent en direction de Paris, dans des rues qui s'annonçaient désertes. Ils avançaient lentement. La Vespa, dont le moteur faisait des pétarades inquiétantes, semblait s'essouffler sous le poids des deux passagers. Tout en examinant les environs, pour voir si Nelson ne s'y trouvait pas,

Frédéric indiquait du bras le chemin à suivre pour atteindre au plus vite la rue de La Condamine.

« Tout droit vers Pont Cardinet !
- Quoi ?...
- Tout droit !
- Ah ! »

Les bruits du moteur avaient en partie couvert sa voix et Marie, confondant *droit* et *droite*, obliqua vers la petite rue de Saussure.

« Non ! Pas par là, on est à contresens ! »

Aussitôt, ils entendirent dans leur dos une sirène de police. Frédéric tourna la tête et aperçut un véhicule, gyrophare bleu sur le toit, qui les prenait en chasse.

« C'est la police, Marie !
- Merde, les flics !
- Arrête-toi !
- On va les semer !
- Non, arrête-toi ! »

Marie se pencha sur son guidon et mit les gaz, avançant droit devant, dans cette longue voie étroite à sens unique, pendant que Frédéric lui hurlait d'obtempérer, de stopper net le moteur.

« Arrête ! »

Mais elle n'écoutait pas et jetait quelquefois de furtifs coups d'œil à l'arrière pour voir si le véhicule de police continuait de les suivre. Le pauvre Frédéric était au comble du désespoir, accablé sous le poids de la honte et de la culpabilité. Il se tortillait de la croupe sur le siège arrière, geignait de douleur…

« Ne bouge pas comme ça, on va se planter ! »

… hurlait à la mort, si bien que son cri animal étouffait presque celui de la sirène de police derrière eux.

« Ta gueule, Fred ! »

Un bref instant, il chercha quelque moyen d'échapper à ce cauchemar sordide et hésita à se laisser choir sur l'asphalte, mais il renonça car il craignait que cette chute ne lui fût fatale. Puisqu'il n'y avait pas d'échappatoire, il ferma les yeux et cramponna la jupe de Marie, la cramponna si fort que ses doigts crispés finirent par arracher les dernières coutures, là où la jupe était déjà fendue…

« Meeeerde, ma jupe… ! »

…Le latex avait cédé sous ses doigts impétueux. Les deux pans de la jupe retombaient maintenant de chaque côté de la Vespa et claquaient au vent. C'est alors que Marie eut un réflexe malheureux, un réflexe qui allait donner à la situation déjà critique un tour vraiment tragique : elle se leva légèrement de son siège et la jupe en latex noir s'envola.

«Ma jupe…! »

Frédéric la rattrapa *in extremis,* mais perdant l'équilibre, il finit par lâcher prise afin de ceindre à nouveau la taille de Marie…

« Je suis en culotte, bordel ! »

...et le rectangle de latex noir échoua sur le pare-brise du véhicule de police qui fit une embardée et percuta lamentablement la vitrine d'une boutique de déstockage de vêtements de marque...

La Vespa poursuivit sa fuite en avant, aveugle et délirante, puis, après avoir plusieurs fois dévié de sa trajectoire, elle se retrouva presque par hasard devant la petite église blanche de Sainte-Marie des Batignolles. Un chat passa tout près de la roue avant qui n'était pas Nelson.
Marie mit pied à terre et coupa le moteur.
Tout groggy, le visage défait, Frédéric descendit *illico* de la Vespa mais, flageolant sur ses jambes, il s'étendit de tout son long sur le trottoir, devant la grille en fer qui empêchait l'accès à l'édifice religieux.
« Ça va, Fred ? »
Non, ça n'allait pas. Plus rien n'allait d'ailleurs. Il avait commis plus d'infractions à la loi, fait plus d'entorses à ses principes si rigides durant ces dernières heures qu'au cours de toute son existence. Il avait manqué la réunion du comité de direction au côté d'Anne-Marie Boutboul, traversé Paris avec un casque de l'armée prussienne sur la tête puis sans casque du tout, avait largement enfreint le nécessaire couvre-feu décrété par le gouvernement, oublié à plusieurs reprises les règles de distanciation physique, pris une rue à contresens, fui lâchement

devant la police, provoqué un accident avec icelle avant de se carapater, et pour couronner le tout, il avait perdu son chat…Non, vraiment, ça n'allait pas du tout.

«Tout va bien, merci! »

Il s'était adossé à la grille et cherchait à recouvrer son calme et un peu de forces. Levant les yeux vers Marie, il promena sur elle un long regard fatigué, presque absent. Elle se dressait devant lui, haute et longiligne, les jambes à l'air, tenant son casque homologué au creux de l'aisselle. Sa chevelure blonde, tout ébouriffée, encadrait un visage serein.

« Désolé, Fred, si je t'ai mal parlé tout à l'heure sur la Vespa…»

Elle portait des talons hauts, une culotte gainante en soie claire lui arrivant au nombril et un chemisier noir qui flottait au vent. C'était tout.

« Tout va bien ! »

***

14

Durant lequel Frédéric reçoit une nouvelle inespérée qui lui arrache les larmes et le moment exquis où l'élucidation d'un mystérieux tatouage pousse nos deux protagonistes dans une chaste étreinte.

Frédéric s'était retourné pour scruter l'heure à l'horloge de l'église Sainte-Marie des Batignolles. Celle-ci était nichée au centre d'un fronton triangulaire qui reposait sur quatre colonnes doriques.

« Oh, mon dieu, déjà minuit et demi ! »

A cet instant, son téléphone se mit à vibrer. L'heure tardive l'inquiéta. Il songea confusément à ce qui venait de se passer et une angoisse soudaine lui agrippa la gorge. Son doigt tremblant s'écrasa sur le petit écran. Il lut. C'était un message de Madame Tumouche, la concierge. « *Votre chatte est venue gratter à ma porte. Elle est chez moi* ».

Il reposa la téléphone près de ses jambes, ferma les yeux et prit de courtes respirations, comme pour évacuer par à-coups un trop-plein d'émotions.

Nelson était sain et sauf !

Il avait besoin de faire le vide, de retrouver tout au fond de lui le calme absolu, cette sérénité des jours sans vagues et sans passion qu'il affectionnait tant, cette félicité douce, étale et monotone lorsque rien n'arrive et que tout semble sous contrôle, mais au moment où il commençait à s'apaiser, un nouveau message tomba. « *Elle gratte aussi mon canapé…!!! Venez la chercher ou je la fous dehors !* »

Il faillit lui répondre qu'il arrivait sur le champ, mais il examina rapidement la situation : il se trouvait illégalement dans les rues désolées de Paris en compagnie d'une femme à moitié nue qui avait semé la police et provoqué un accident. Quoi qu'il fît et où qu'il allât, il courait le risque de se faire interpeller par les forces de l'ordre. D'ailleurs, leur signalement avait sans doute déjà été donné et il convenait d'abandonner cette Vespa rose qui assurément les trahirait et de prendre sans plus tarder la tangente. Rentrer Porte d'Asnières n'était pas sans danger, bien au contraire. D'ailleurs, il renâclait à l'idée que Madame Tumouche, toujours à l'affût derrière sa fenêtre, pût l'apercevoir avec une jeune femme ainsi nippée, escortés par un escadron de policiers armés jusqu'aux dents. Il fallait rassurer la concierge et la prier de lui accorder un délai de grâce de quelques heures seulement. Il écrivit : « *Suis soulagé, merci. Impossible de venir maintenant. Problèmes personnels. Nelson est un mâle affectueux…Demain, fin de matinée…?*

Il avait tenu à préciser que Nelson n'était pas une femelle, car c'était sans doute la raison de sa méchante nervosité. En dépit de toutes ses qualités, ce chat était un indécrottable machiste doublé d'un caractère extrêmement susceptible et irascible. Sans doute n'avait-il pas supporté que Madame Tumouche le confondît avec une demoiselle et cet affront l'avait poussé à s'en prendre violemment au canapé. Frédéric avait toujours regretté ce trait de sa personnalité, mais le pauvre Nelson n'en était pas responsable. Il n'avait jamais vécu que sous l'ombre virile de son maître, sans compter celle de François Fresneau de la Gataudière, et ne savait rien des caresses féminines et des attentions délicates que seule une maîtresse peut prodiguer. A bientôt vingt ans, Nelson était aujourd'hui dans l'hiver de sa vie et Marie arrivait trop tard. Frédéric songea un court instant à ce trio qu'ils auraient pu former si le destin en avait décidé autrement. Cette simple évocation l'émut à un point tel qu'il ne put ravaler ses larmes.

« Mais tu pleures, Fred… ! »

Il essuya ses larmes dans son coude, baissa brièvement son masque chirurgical puis se détourna pour se moucher. Il était toujours assis par terre, le dos contre la grille du parvis. Devant lui, entre les jambes nues et fuselées de Marie, il apercevait la rue des Batignolles, si vivante d'ordinaire. Il releva la tête et fixa Marie, l'œil humide et éperdu.

« La concierge a retrouvé Nelson…
- Ouf !
- Nous n'avons donc plus rien à faire ici…

- Alors, on plie bagage. Allez hop, Fred, on rentre à la maison !
- Laquelle ?
- Chez toi !
- Non, trop risqué…»

Il prit appui sur la grille en fer et se releva péniblement. Son regard inquiet balaya la petite place comme pour s'assurer que personne ne pouvait les entendre.

« La police a sans doute bouclé le quartier...
- Pour une simple infraction au code de la route, tu plaisantes !
- Une simple infraction ! Et le délit de fuite, et la…
- … Bon, d'accord, les flics ont fait une petite sortie de route, mais rien de bien violent. Pas une égratignure, que de la tôle froissée et du bris de verre. En plus, c'était un accident. À l'heure qu'il est, ils attendent sagement la dépanneuse en tirant sur une clope.
- Faut tout de même qu'on se débarrasse de la Vespa rose si on ne veut pas se faire repérer.
- Pas question.
- Je ne te demande pas de la jeter dans la Seine, mais de la garer quelque part. Tu la récupéreras quand l'affaire se sera tassée.
- C'est quoi le plan : me faire traverser tout Paris presque à poil… ? Tu n'as rien trouvé de plus discret !

- Oui, tu as sans doute raison…Je suis perdu, Marie…Je ne sais pas quoi faire pour nous sortir de l'ornière…

- Par hasard, tu ne connaîtrais pas quelqu'un dans le quartier qui pourrait nous héberger pour la nuit ?

- À part Le Floch qui vit à deux pas d'ici, non…

- Le Floch, c'est le type qui t'a appelé tout à l'heure ?

- Oui.

- Ton supérieur ?

- Ce con, mon supérieur ! Manquerait plus que ça ! »

La simple mention de ce patronyme abhorré avait échauffé l'âme de Frédéric qui s'était mis tout à coup à vociférer des paroles injurieuses à l'encontre de celui qui n'était *rien de plus qu'un banal collègue de travail, un petit coq breton boursouflé d'ambition et de suffisance, une raclure armoricaine inculte et vulgaire*…Marie avait prudemment collé la paume de sa main sur le masque de Frédéric pour lui intimer l'ordre de se taire. Il prit conscience aussitôt de l'inconvenance de son attitude, baissa le ton et s'en excusa :

« Pardon, Marie…Je ne sais pas ce qui m'a pris… Tiens, prends ça. Tu as touché mon masque ! »

Tandis qu'elle se frottait énergiquement les mains avec du gel hydroalcoolique, Frédéric devina un minuscule tatouage, juste sous le nombril, un tatouage aussi sommaire qu'imperceptible. Marie s'en aperçut et sembla amusée d'avoir piqué sa curiosité.

« Ça t'intrigue, pas vrai !
- Quoi donc ?
- Ce tatouage, là… Devine ce que c'est…

D'un geste souple, elle releva le bas de son chemisier noir.
- C'est si petit…
- Rapproche-toi…»

Il avança son visage à quelques centimètres seulement de la peau finement tatouée, ses petits yeux fureteurs de Champollion fouillaient l'épiderme de la belle, cherchant avidement à percer le mystère de cette inscription.

« On dirait des lettres…
- Tu chauffes… »

Il s'approcha encore. Son nez effleurait presque le ventre de Marie. La respiration de celle-ci avait légèrement augmenté, et les mouvements lents et réguliers de l'abdomen compliquait la lecture. Il fronça les sourcils.

- *L* et *M*...Les initiales d'un personnage connu ?
- Exact !
- Un homme ?
- Une femme.

Il leva les yeux vers elle :
- Une intellectuelle, une poétesse… ?

- Tu brûles…Elle a vécu dans ta rue, il y a bien longtemps »

Cet ultime indice alluma le regard de Frédéric qui avait toujours pris le temps de lire les plaques commémoratives accrochées aux façades des immeubles. Il ne pouvait ignorer celle qui était située au 85 rue Victor Hugo.

« Louise Michel !

- Gagné ! »

Dans un réflexe un peu idiot, oublieux des consignes de sécurité, Frédéric étreignit Marie sur sa poitrine pour fêter sa victoire mais alors qu'il était sur le point de se reprendre et de relâcher son étreinte, la malheureuse, sans doute tourneboulée par les événements, s'était déjà laissé happer et le serrait fiévreusement à son tour comme si les bras de Frédéric étaient son seul refuge, l'unique endroit où elle se sentait en sûreté. La candeur de cette femme était décidément bouleversante. Elle n'avait pas l'assurance et la solidité qu'un chef du service recouvrement finit par développer au fil des ans pour faire face à d'immenses responsabilités. Au contraire, Marie avait gardé une âme enfantine, une touchante fragilité qui la conduisait maintenant à l'enlacer de toutes ses forces, à lui labourer l'épine dorsale avec le pouce et à lui sucer goulûment l'oreille gauche, comme une fillette le ferait avec sa peluche.

La petite Vespa rose arracha Frédéric à sa rêverie. S'ils restaient là, la police ne tarderait pas à les cueillir. Il parvint péniblement à se dégager des bras de Marie, lui caressa paternellement la joue, déposa un baiser sur son front puis s'essuya l'oreille.

« Il faut partir d'ici !
- D'accord ! Je t'offre un verre.
- Pardon ?
- Je connais un bar près du Marais.
- Mais enfin, Marie, tous les bars sont fermés depuis des mois…
- Pas tous. Grimpe ! »

***

15

Où Frédéric fait connaissance avec La Brigade, une société secrète à laquelle appartient Marie et qui est composée uniquement de femmes, secrètes également.

Lorsque Marie gara la Vespa rose rue du Turenne, Frédéric s'inquiéta de n'y trouver aucun débit de boissons, aucune enseigne indiquant qu'on pût s'y désaltérer. Il examina de toutes parts les environs, mais hormis quelques boutiques de vêtements au rideau baissé, le quartier semblait promis aux soirées sages et sans esclandre.

« Tu as dû te tromper d'adresse, Marie… »

Elle ne répondit rien, ôta son casque, descendit du scooter et s'approcha d'une petite porte en bois badigeonnée de bleu. Ses talons hauts claquèrent sur le trottoir dans la nuit calme et soucieuse. Il se retourna pour vérifier que personne ne les avait remarqués.

« Marie, on s'en va, il n'y a aucun bar ici ! »

Il l'observait, l'œil inquiet, et eut soudain un pincement au cœur en considérant sa petite culotte qui, soit dit en passant, la gainait avantageusement du haut des cuisses jusqu'au nombril. Plus de latex ! La jupe qu'il appréciait tant s'était en effet envolée lors de cette folle cavalcade avec la police qui le meurtrissait encore et la noble matière s'était retournée contre les forces de l'ordre pour se muer en une vulgaire arme défensive. Que le hasard était cruel !

Marie sonna à un interphone, attendit quelques secondes puis une voix féminine creva le silence :

« Qui c'est ?
- Louise.
- C'est bon, entre ! »

D'un signe de la tête, Marie fit signe à Frédéric de la suivre. Ils pénétrèrent dans un vestibule assez spacieux, maculé d'horribles graffitis, et grimpèrent jusqu'au quatrième étage.

« Tu te fais aussi appeler Louise !?
- Michel… Louise Michel.
- Ah… ! Mais pourquoi ?
- Monte et laisse-moi faire.
- Dis, on va bien dans un bar ?
- Oui, mais du genre clandestin. »

Sur le pallier, une porte était restée entrebâillée. Marie la poussa sans frapper.

Quatre femmes, vaguement éméchées, étaient attablées autour d'une bouteille de whisky au trois-quart vide et d'un saladier rempli de chips. Sur le côté se trouvait un petit zinc avec une tireuse à bière. Ce que Marie avait nommé un *bar* s'apparentait davantage à une chambre d'étudiant, un réduit très sombre et sans fenêtre qui exhalait l'alcool et le tabac froid.

Lorsqu'elles aperçurent Frédéric, toutes se turent immédiatement et le fusillèrent du regard. Leurs yeux s'arrondirent ensuite quand elles constatèrent que Marie se baladait en petite culotte.

« Regardez qui voilà ! Bonnie and Clyde !

La femme aux cheveux verts avait parlé. Frédéric sembla tout à coup se rapetisser sous les sarcasmes de cette inconnue aux joues replètes dont la voix, forte et puissante, lui rappelait celle d'Anne-Marie Boutboul lorsqu'elle s'adressait à ce bon à rien de Le Floch. C'était une quinquagénaire à l'œil sévère qui portait un pantalon et une chemise en jean délavé .

« Tais-toi La Goulue. Et pousse tes grosses fesses ! »

Marie s'installa en bout de table et tapota sur le petit tabouret près d'elle pour inviter Frédéric à s'asseoir. Les yeux de celui-ci firent l'essuie-glace dans leur orbite, comme s'il attendait l'approbation tacite des amphytrionnes, mais en l'absence de réponse claire, il finit par interpréter leur silence comme une permission. Il prit place, mais le siège était si bas que toutes le dominaient d'une bonne tête.

« Les filles, je vous présente Fred.

-...

- Il est avec nous.

- On dirait pas...T'es quoi au juste ? Anarcho-autonome ? Anarcho-Féministe ?...»

La jeune rouquine qui avait pris la parole se faisait appeler Flora. Elle devait avoir la vingtaine à peine et portait un curieux collier ras-de-cou en cuir noir qui représentait l'entrelacement de deux serpents.

Frédéric avait deviné, même s'il en ignorait la raison, que toutes usaient d'un nom d'emprunt qui masquait leur véritable identité. Il repositionna correctement son masque tout en haut de l'arête nasale, se redressa, bomba le torse et mit ses mains en écharpe derrière son dos.

« Je suis Chef du Service Recouvrement dans une société immobilière près de République ».

Il avait décliné sa fonction avec infiniment de tact et de retenue, sans s'épancher davantage pour ne pas impressionner ces charmantes demoiselles, d'une exquise urbanité, qui avaient eu la courtoisie de l'inviter à leur table. Il savait ce que sa réussite professionnelle pouvait avoir d'écrasant. C'était une arme de séduction dont il avait toujours l'élégance de ne jamais s'emparer.

« Chef du service Re... Oh, putain, balèze la couverture !

- Infiltré, c'est ça...! Quand tu le dis, on y croirait vraiment...Tu fais partie de quelle cellule au juste ? »

La Goulue et Flora s'étaient tout à coup détendues, fixaient Frédéric avec deux grands ronds qui trahissaient leur curiosité et elles le noyaient désormais de questions auxquelles il répondait par un silence têtu et un froncement de sourcils. Marie, qui n'avait pu jusqu'alors en placer une, profita qu'elles reprissent leur respiration pour intervenir.

« C'est bon les filles ! Fred ne dira rien. C'est une tombe. Sortez plutôt un verre ! »

Flora se leva et alla chercher dans une modeste armoire en pin deux verres incassables Duralex.

« Un whisky, Fred ?
- Vous n'auriez pas plutôt un jus… ? Orange, ananas ou abricot, peu importe. »

Toutes se regardèrent sans rien dire. Sur le moment, Frédéric craignit que sa demande ne fût un tantinet déplacée, la politesse aurait dû en effet lui commander de refuser poliment ou de n'exiger rien de plus qu'un verre d'eau, mais l'éclat de rire général qui s'ensuivit le rasséréna et, se joignant à la bonne humeur de ses hôtes, il s'apaisa et remercia Marie en son for intérieur de l'avoir entraîné dans ce lieu pittoresque en compagnie de ses joviales camarades. Il hésita un moment à les sermonner gentiment car aucune ne portait le masque ni n'observait les distances nécessaires, mais redoutant qu'elles en fussent contrites, il n'en fit rien et attrapa le verre Duralex que Flora venait de poser devant lui. Instinctivement, il se mit à lire à haute voix le chiffre inscrit tout au fond.

« Vingt-huit ! J'ai vingt-huit ans ! »

Là encore, toutes ces demoiselles, à l'exception de la douce Marie qui était d'une nature réservée et anxieuse, s'esclaffèrent. Olympe, qui n'avait rien dit jusque-là, quoiqu'elle eût participé joyeusement aux festivités, rapprocha d'elle le verre de Frédéric et le remplit à ras bord de whisky. C'était une femme très brune et très mince, avec un regard de biche souligné par un épais et long trait de khôl noir.

« Je ne sais pas où tu l'as déniché, Marie, mais ce type est un cador ! Pour un peu, je me laisserais prendre à son jeu…Allez, Fred, cul sec ! »

Frédéric était perdu dans ses pensées. Le chiffre vingt-huit, de sinistre mémoire, avait resurgi sans qu'il s'en aperçût tout d'abord et lui embrumait l'esprit. Machinalement, il baissa son masque chirurgical, porta le verre à ses lèvres et se dit que cela ne présageait rien de bon. La première gorgée de whisky lui arracha une drôle de grimace, à moins que ce ne fût la franche bourrade que La Goulue lui avait flanquée dans les reins en riant.

« Quel comédien ce Fred ! Arrête ton cinéma, vire-moi ce masque et vide ton verre. La prochaine est pour moi. »

Sept whiskies plus tard, abruti par l'alcool, le pauvre Frédéric était toujours à table, entouré des cinq membres de *La Brigade* (Olympe lui avait révélé le nom de leur petite société secrète), et peinait à suivre le fil de la conversation.

« …et donc, on fait des actions coup de poing, des opérations de sabotage, tu vois…Chacune a sa spécialité, son domaine. Moi, c'est les bars qui diffusent les matchs de foot. J'ai des seringues gorgées de sang que je vide discrètement en plein match sur l'écran. Les mecs deviennent dingues. Plus ils essaient de nettoyer, plus ils salopent le truc. A la fin, on ne voit plus rien. C'est à ce moment-là que je me taille. Rirette détourne les pubs sexistes dans le métro ou sous les abri-bus, Flora désamorce les systèmes d'alarme des magasins chics. Quant à La Goulue, elle s'attaque aux mannequins anorexiques dans les boutiques de fringues. Elle les barbouille de cervelles de porc. Bon, Louise, tu la connais déjà, tu dois savoir…Et toi, c'est quoi ta spécialité ?

- Le latex.

- Le latex !

- Je tiens ça de mon père.

- Il opérait où ton daron ?

- À l'usine Citroën de Levallois. Il a commencé dans les années 50.

- Putain…Un pionnier ! En plus, le gars, il agissait directement sur le lieu de production. Il dézinguait le capitalisme à sa source…

- Respect, Fred ! T'as de qui tenir. »

Frédéric n'avait pas saisi en quoi le père Berger était un précurseur ni pourquoi Rirette avait

parlé de « dézinguer le capitalisme ». Du reste, il avait l'esprit trop embrumé par cet alcool qu'il ne buvait jamais pour comprendre quoi que ce fût, mais il était fier qu'on pût comparer son cher géniteur à un quelconque découvreur, comme avait pu l'être avant lui François Fresneau de la Gataudière, et il s'enorgueillissait de s'inscrire dans cette noble lignée.
D'un petit coup sec du menton, il éclusa son verre, tendit le bras et s'en servit un autre.

***

16

Durant lequel le pauvre Frédéric, en proie à une terrible gueule de bois, a vent des événements qui se sont déroulés durant les dernières heures.

Lorsqu'il se réveilla enfin, Frédéric sentit aussitôt comme un étau qui lui compressait le crâne. Il laissa échapper un gémissement faible, s'assit sur le rebord du canapé blanc, se prit la tête entre les mains et se massa énergiquement les tempes.

« Comment te sens-tu ? »

Il reconnut la voix lente et caressante de Marie mais resta figé dans la même position. La lumière du jour l'aveuglait. Il craignait d'ouvrir les yeux et d'esquisser le moindre geste, tant il avait l'impression que le monde autour de lui vacillait, qu'il se délitait à la moindre secousse, qu'il avait perdu cette fermeté rassurante qu'il n'aimait que trop. Même la voix pourtant feutrée de Marie semblait retentir atrocement entre ses deux oreilles.

« Il est quelle heure ?
- Midi. »

Il se tint coi sur le moment, comme s'il méditait l'information qui lui avait été donnée, et se redressa d'un coup en écarquillant les yeux.

« Nelson !

- T'inquiète. J'ai appelé la concierge. Je passe le récupérer en début d'après-midi.

- Mais comment...

- Comment j'ai eu son téléphone ? Eh bien, je me suis permise de regarder dans le tien. C'est le dernier numéro que tu avais composé. Charmante cette Madame Tumouche, vraiment ! »

Frédéric baissa de nouveau la tête et déposa son crâne alourdi au creux de ses deux mains. Cette dernière assertion au sujet de la concierge l'avait sans doute replongé dans un abîme de perplexité, à moins que ce ne fût tout simplement cette gueule de bois carabinée qui le laissait soudain si chancelant.

Frédéric s'était toujours distingué par sa très grande sobriété et il était rare qu'on le surprît un verre à la main, à moins bien sûr que celui-ci ne lui fût généreusement offert. Du reste, il n'aimait pas l'alcool. Il était de ceux dont le goût n'évolue guère depuis la tendre enfance jusqu'à la tombe, et mis à part le café, il avait toujours conservé ce penchant un peu puéril pour le jambon-frites, les jus de fruits ou le lait grenadine.

« Tu n'aurais pas dû toucher au whisky, Fred...

- Oh, mon crâne... »

Can't buy me love des Beatles tournait en douce sur la platine vinyle. C'est en entendant ce morceau que Frédéric réalisa qu'il se trouvait dans l'appartement de Marie. Il jeta un coup d'œil devant lui et aperçut le fauteuil crapaud jaune moutarde dans lequel il était assis vingt-quatre heures plus tôt.

« Au fait, qu'est-ce que je fais là ? Qu'est-ce qui s'est passé ?

- Tu ne te souviens de rien…!
- Me souvenir de quoi ?
- De mes camarades, de la Brigade, du coffre-fort, de Le Floch… »

Marie s'installa tout près de lui sur le canapé déplié et déposa un mug rempli de café noir bien serré au bout de ses genoux, sur la table basse.

« Je t'ai mis un demi sucre
- Merci.»

Elle lui attrapa la main et la retint fermement, car elle pressentait qu'il la retirerait par précaution sanitaire. Elle portait une jupe en latex identique à celle qui avait terminé sa course sur le pare-brise de la voiture de police.

Frédéric souffla sur le café encore fumant. Il écoutait d'une oreille distraite ce vieux tube des Scarabées de Liverpool et se réjouit, pour une fois, d'en connaître les paroles. Il murmura à part soi :

« Je ne peux pas acheter l'amour…
- Pourquoi tu dis ça ?
- C'est le refrain, je traduis…Bon, cette nuit… Raconte ! J'ai l'impression d'être passé dans un tunnel. C'est le noir total.
- Accroche-toi, ça va secouer ! »

Pendant plus d'une heure, Marie narra avec force détails la folle épopée de la nuit. Frédéric l'écouta benoîtement sans jamais l'interrompre. Quelquefois il se levait pour remplir son verre d'eau, mais il restait pendu à ses lèvres et il recueillit ses paroles avec un calme et une distance qui l'étonna lui-même. Il ne reconnaissait pas l'homme dont elle parlait et il lui sembla que ce fût quelqu'un d'autre que lui.

Frédéric avait toujours eu un esprit de synthèse, une qualité innée qu'appréciait grandement Anne-Marie Boutboul et qu'elle ne manquait jamais de mettre à profit avant de clore chaque réunion de direction. Lorsque Frédéric s'y rendait bien sûr.

« …Donc, si je résume, les filles de La Brigade ont supposé au départ que François Fresneau était un révolutionnaire guyanais et que moi, j'opérais en sous-marin pour les Indiens d'Amazonie…

- C'est à peu près ça.

- Et c'est là que j'ai parlé de « verser le sang blanc ».

- Oui, mais ça a donné lieu à un léger quiproquo…Elles ont cru que tu étais dans la lutte armée et ça leur a foutu les jetons. Faut dire aussi que tout le monde était bourré.

- Mais pourquoi j'ai sorti la clé du coffre-fort ?

- Je ne sais pas…Tu farfouillais au fond de ta poche et tu l'as sortie. Quand tu as dit qu'elle ouvrait un coffre-fort, les esprits se sont un peu échauffés et c'est parti en vrille. J'ai bien tenté de te raisonner, mais tu n'écoutais rien, alors j'ai laissé tomber, et on a suivi le mouvement. »

Frédéric et les cinq membres de La Brigade étaient en effet partis à pied, bras dessus bras dessous, en direction de l'Agence B&C. Il avait exigé que tout le monde portât le masque et Rirette avait aussitôt cru y déceler la manœuvre subtile d'un vieux stratège aguerri aux opérations les plus secrètes. Marie avait enfilé un treillis militaire de fortune qui traînait dans un coin du local et en chemin, elle s'était peu à peu déridée en fredonnant *La Lega*, un vieux chant révolutionnaire italien, que tout le petit cortège, y compris Frédéric, avait repris à tue-tête. « *Sebben che siamo donne / Paura non abbiamo…* » («Même si *nous sommes des femmes/ Nous n'avons pas peur…* »).

Boulevard Richard-Lenoir, la cohorte titubante avait croisé une camionnette de police qui avait légèrement ralenti l'allure en arrivant à leur hauteur avant de poursuivre sa route indifféremment.

Lorsque le commando était arrivé devant l'agence immobilière, avenue Parmentier, Flora s'était aussitôt attaquée à la serrure pendant que les autres militantes de La Brigade faisaient cercle autour d'elle afin de la protéger des regards indiscrets. C'est là que

La Goulue, pour passer le temps, a eu le malheur de poser des questions :

« Nelson, c'est qui ? Un espion lui aussi ?

- Non, c'est mon chat.

- Et Le Floch ? Un camarade de lutte ? Un indépendantiste breton ?

La simple allusion à La Floch le fit disjoncter. Cette fois-ci, n'y tenant plus, Frédéric se mit à déballer enfin toute la vérité sur Le Floch, celle qu'il gardait embastillée au fond de sa poitrine depuis tant d'années. Sa voix vociférante arracha bientôt à leur sommeil tous les habitants du quartier qui se pressèrent aux fenêtres ou sur les balcons afin d'assister enfin à un spectacle vivant.

« Cet enfoiré de Le Floch, un camarade, non mais tu plaisantes ! Tu sais ce qu'il m'a fait Le blaireau du Trégor ?

- ...

- Tu sais pourquoi je le vomis ce type ?

- ... »

Devant l'absence manifeste de réponse de La Goulue, qui regrettait à cet instant d'avoir ouvert la bouche, un quidam en chemise de nuit, perché au cinquième étage, quatre numéros plus loin, osa prendre la parole.

« Non, qu'est-ce qu'il t'a fait ce connard ? Raconte ! »

D'autres voix, tombées du ciel, encouragèrent Frédéric à poursuivre ce grand déballage qui les intéressait tant. Il leva la tête et vit une foule d'anonymes agglutinée au balcon, qui n'attendait plus que sa tirade. Ragaillardi par la présence bienveillante et touchante de tous ces inconnus, il tenta de retrouver la station verticale en remontant les épaules, quoiqu'il peinât à tenir en équilibre sur ses deux jambes, puis comme un tragédien, il fixa son public avec gravité et leur narra ce jour funeste où l'Idiot des Côtes d'Armor avait pénétré dans son bureau et profané le saint portrait de François Fresneau de la Gataudière, en lui substituant une photographie en couleur de pin-up américaine. Il acheva son récit palpitant par cette sentence irrévocable :

« Je ne lui pardonnerai jamais…Fumier Le Floch !… Connard Le Floch !…»

Le quartier tout entier reprit en chœur cet ultime hommage à l'inqualifiable Le Floch :

« Salaud Le Floch ! Ordure Le Floch! …»

…avant de saluer Frédéric d'une salve prolongée d'applaudissements frénétiques. Mais alors que ce dernier arpentait de long en large le trottoir, bras en l'air pour remercier son auditoire, une sirène de police brisa cet instant magique et ce fut alors la grande débandade. La Brigade, prenant peur, s'était dispersée comme une volée de pigeons avant de se perdre dans les rues adjacentes. Ne restaient plus sur le trottoir à nouveau désert que Frédéric et Marie.

Aussitôt, plusieurs portes d'immeubles s'étaient entrouvertes et les avaient avalés tous deux.

Lorsque le camion de police s'arrêta devant l'agence B&C, ils étaient déjà à l'abri.

L'album des Beatles ne tournait plus. Le bras de lecture de la platine s'était retiré. Marie profita de cet instant de silence qui les enveloppait tous deux pour poser la tête sur son épaule.
« Quand tout est redevenu plus calme, je t'ai ramené ici, chez moi, et je t'ai allongé sur le canapé. Tu t'es vite endormi, mais avant de plonger dans le sommeil, tu m'as dit quelque chose.
- Ah oui… ! »

***

Epilogue

Cayenne, 23 juillet 2021

8h28 du matin

Installé devant son bureau en wacapou, face à la fenêtre fermée par des persiennes en lamelles de bois, qu'on appelle ici joliment des *jalousies*, Frédéric faisait le tri dans ses notes et ses papiers et commençait secrètement à entrevoir la fin de son *Histoire Incroyable du Caoutchouc*.

Il avait retroussé les manches de sa chemise en lin et entassait face à lui trois paquets bien gonflés de papiers imprimés. Chaque tas correspondait à un chapitre du premier volet consacré à la fabrication du caoutchouc : *La Saignée, La Coagulation* et *La Vulcanisation*. Selon ses estimations, l'ouvrage devait compter un peu plus de huit-cents pages, illustrations comprises. Il le publierait à compte d'auteur, peu enclin à souffrir les rebuffades de tous ces éditeurs de la métropole qui n'y verraient là qu'une somme aussi assommante qu'invendable. De toute façon, avec tout l'argent du Prêt d'Épargne Logement qu'il avait débloqué, il n'aurait aucun mal à l'imprimer à gros tirage.

Placée debout contre le portrait sous verre du père Berger, il y avait une petite enveloppe adressée à son nom. Il l'avait reçue deux semaines plus tôt. Il en sortit une carte de visite avec le nom d'Anne-Marie Boutboul en en-tête et découvrit la fine écriture de son ancienne patronne. Il la relut pour la énième fois et sourit d'un air satisfait :

« *Vous nous manquez déjà, M. Berger, mais je comprends votre décision. Il faut aller au bout de ses passions. Vive le caoutchouc ! Bien à vous. A.M Boutboul. PS : M. Le Floch vous transmet ses amitiés...* »

Frédéric leva la tête et aperçut Nelson à travers les persiennes entrouvertes. Il somnolait, allongé de tout son long sur un vieux rocking-chair, sous le toit en bardeaux de la varangue, à peine dérangé par les moustiques qui voletaient autour de lui. C'est ici même, dans ce quartier de Cayenne, que François Fresneau de la Gataudière, Sieur de la Ruchauderie, avait posé ses valises, voilà près de trois-cents ans, afin de s'adonner pleinement à l'étude du caoutchouc.

Frédéric entendit un léger bruit à l'étage. Il repoussa sa chaise vers l'arrière et grimpa pieds nus les larges escaliers en bois. Il s'arrêta un instant sur le seuil de la chambre à coucher et appuya sa main contre le chambranle de la porte. Malgré l'heure matinale, il faisait déjà chaud, mais les pluies torrentielles de la nuit et un léger souffle d'air rendaient l'atmosphère tout à fait respirable. Le drap blanc avait été rejeté tout au fond du lit et découvrait un corps nu et sans défaut sous la moustiquaire, un corps endormi, étendu sur le ventre, dans la pénombre.

Frédéric s'avança, écarta le voilage du revers de la main et s'assit sans bruit sur le rebord du lit. Ses doigts, délicatement, effleurèrent le surface douce et rebondie de cette peau claire, depuis le mollet jusqu'à la nuque. La chevelure épaisse et blonde retombait en désordre sur l'oreiller en latex naturel. Un vent léger traversa la pièce et fit trembler le voilage. Marie se retourna.

Le visage encore ensommeillé, elle aperçut Frédéric, lui sourit avec malice et murmura d'une voix basse et ronronnante :

« Ah ! J'ai bien dormi ! »

***